ホテル御曹司は最愛の妻を愛し続ける

泉野ジュール

この物語はフィクションであり、実在の人物・
団体・事件等とは、いっさい関係ありません。

ホテル御曹司は最愛の妻を愛し続ける

プロローグ

冬の孤独はどうしてこんなに身に染みるんだろう。

手袋をしていても悴《かじか》む指先に白い息を吹きかけながら、乃木《のぎ》ゆりえは冷たかった雨が大粒の牡丹雪《ぼたんゆき》に変わっていく都心の夜空を見上げた。

雪が嫌いだと思ったことはなかったのに、その夜だけは舞い降る雪の花が酷く心を刺した。

はらり、はらり。

「ねえ、ゆりえちゃん、二次会も来るよね？　ここは雰囲気を変えてもっと気楽なところで飲もうって話なの。ゆりえちゃんのこと狙ってる男性社員、結構いると思うよ。ね？」

エントランスのネオンから少し離れた薄闇にひとりぽつねんと佇《たたず》んでいたゆりえに、背後から声がかかる。

肩越しに振り返ると、レストランから出てきたばかりの高田《たかだ》がこちらに向かってきていた。

ゆりえのひとつ年上の、フロント担当仲間だ。

ゆりえは軽く首を左右に振った。

「ごめんなさい。せっかくだけど、わたし車通勤だから飲めないんです。明日早番だし、今日はもう帰ろうかと思って」

ゆりえの返事に高田は「えー」という気の抜けた声を漏らした。

「そういえばゆりえちゃんって車で通勤だったね。終電、気にしなくていいのは羨《うらや》ましいけど、確かに飲めないねえ」

「そうなんですよ」

すんなりと高田が納得してくれたことに胸を撫で下ろしながら、ゆりえは薄く微笑んだ。高田にも狙っている相手とやらがいるのかもしれない……。ライバルは少ないほうがいいのだろう。

「そっか。やっと大きなイベント終わったところだから、打ち上げもかねて盛り上がろうって話なんだけど」

「皆さんと一緒にお食事できただけで十分楽しかったです。また今度誘ってください」

「ゆりえちゃんって真面目だよねぇ」

ゆりえの勤める東堂《とうどう》ロイヤルガーデンホテルは、首都圏に三つの支店を展開する中規模なホテルチェーングループだ。

派手ではないが充実した設備と行き届いたサービス、顧客のニーズに合わせた臨機応変な宴会プランなどが功を奏して、着実な成長を遂げている。

ゆりえも高田もそこの花形……フロント担当のレセプショニストとして働いていた。

今夜は数ヶ月前から準備していた大きなコンベンションのホストが終わり、一階のイタリアンレストランで小さな打ち上げが行われていた。ホテルの利用客でなくても入りやすいように、入り口がホテルエントランスとは別になっているレストランだ。

その入り口から、先刻まで同じ大テーブルで食事していた十数人の男女がわらわらと出てくる。だいたい二十代後半から三十代の比較的若いグループで、よく考えてみると既婚者は見当たらない。

——ゆりえちゃんのこと狙ってる男性社員、か。

そういう意図のある集まりだったのだと、ゆりえは今になってやっと気がついた。社内合コン。当然、二次会は勤めているホテルではなく別の場所を探す必要があるのだろう。

「じゃあ、お先に失礼します。お疲れさまでした。また明日」

「えー、乃木さん帰っちゃうの？」

出てきた男性陣のひとりが、すでに酔っているような声を出す。

「車なんです。お酒飲めないし、雪積もっちゃうと運転怖いから……。皆さんも気をつけてください」

いくら一月後半とはいえ、ここ首都圏で、運転できなくなるほど雨の後の雪が積もることはないだろう。しかし、ゆりえはそう言い訳した。

高田はすぐに納得してくれたが、誰かに食い下がられたらゆりえはなかなか断れない。そういう性分なのだ。

社員用の駐車場は地下にあるので、ゆりえは急いで浅く一礼すると仕事仲間達に背を向けて歩き出した。

薄いベージュ色のコートを着たゆりえの後ろ姿が建物の裏手に入っていくのを眺めながら、ひとりがささやいた。

「ゆりえさんって美人だけど素っ気ないっていうか、なんていうんだろう、高嶺の花だよな。男に興味ないのかな」

高田とは別の女性がその横に現れて、ゆりえの消えていった方向を一緒に見つめる。

「野口《のぐち》君、知らないの？　ゆりえさんって実は結婚してたんだってよ。離婚したんだって。若いけどバツイチなの」

「ええ!?」

「ゆりえさん本人は、このことあんまり話したがらないけどね。わたし、ゆりえさんが途中入社してきた年に人事部にいたから知ってるの。確か乃木って苗字も旦那さんの姓のまま変えてなかったと思うよ。もっと詳しくは上司しか知らないけど……」

「ふええ……そうだったのか。すげえ意外」

野口と呼ばれた営業部の三十代の男は、スポーツマンっぽく短く揃えられた髪を片手でくしゃくしゃさせながらそうぼやいた。

「真面目そうだし、お嬢っぽいからそんなふうには見えないけどなあ」

「そういえば社長の口利きでの途中入社らしいし、なにか事情とかあるのかもね」

「ふーん、美人には色々あるのかな」

野口のつぶやきは、白い息とともに冬の夜空に吸い込まれていった。

＊　＊　＊

地下二階にある社員用駐車場は、外と同じくらいひんやりとしていた。

肩にかかった雪を落としつつ、バッグの中の鍵を探す。ゆりえの几帳面さはもちろんバッグの中身にも現れていて、鍵類、化粧ポーチ、手帳、スマホ……すべてがあるべき場所に入っている。

だから鍵自体はすぐに見つかった。

しかし、ドアロック解除のボタンを押そうとすると、悴んだ指先が滑ってキーホルダーごと地面に落としてしまう。コンクリートの上に落ちた鍵束を見下ろしながら、ゆりえは深いため息をついた。

かがんで鍵を拾うという単純な動作も、仕事上がりの体にはそれなりに重く感じる。鍵束を拾って立ち上がると愛車のドアを開け、運転席に滑り込んだ。

そして座席に背中を預け、安堵に息を吐く。

ああ……『彼』がゆりえに残したのはいいものばかりではなかったけれど、この車にだけは感謝したい。

アメリカ育ちの彼は満員電車を毛嫌いしていて、ゆりえが乗る必要がないようにとこの車を買ってくれた。国産の新車ＳＵＶで、いわゆる高級車ではないかもしれないが決して安物ではなく、ゆりえひとりで乗るには贅沢すぎるくらいだ。

あのときのことを思い出すとすぐに涙が溢れてくる。

「……ふ……っ」

自分が去ったあと、仕事仲間が噂話をするのをゆりえは知っている。

ゆりえさん、リコンしてるんだってね。へー、イガイだな。どうしてだろう……まさかカテイナイボウリョクとか……。

そんな会話をもう数え切れないほど聞いてきた。まだ五年と経っていないのに。いや、五年近くも経ったのに、心の傷は癒えないどころか深まっていく。

(忘れなくちゃいけないのに……。彼はあんなにあっさり諦めてしまったんだから、きっととっくに他のひとを見つけて先に進んでいるはず……)

バッグを助手席に移して、ゆりえは手の甲で涙を拭った。

もう自分の隣にはいないひとを思って流す涙はじわじわと心を穿《うが》つ。

胸にぽっかりと穴が開いているのに、塞ぐ方法が見つからない。なによりも始末に負えないのは、幸せだった日々の思い出が大切すぎて、本当はこの傷さえ手放したくないのだ。

忘れたくない。

「馬鹿みたい……」

はじめてこの車が納車された日のことを覚えている。『洗礼だ』と言って、彼はバックシートでゆりえを抱いた。長身の彼が狭い車内で上になるのは難しくて、あの日ゆりえは座った彼に跨《また》がるようにして彼の情欲を受け入れた。

熱い……胸を焦がすような思い出。

記憶の中に存在するだけでも、彼はゆりえの心を溶かすことができる。実際に彼の存在を確認したら心が壊れてしまうのがわかっていたから、ゆりえはＳＮＳの類は一切覗かないようにしていた。だから彼の現状はまったく知らない。

きっと知らないままでいいのだろう……もし新しい恋人の存在を知ってしまったら耐えられない。

暖房をつけるためにも、ゆりえはイグニッションに鍵を差し入れるとエンジンをかけた。車体が小刻みな振動をはじめる。

そのときだった。

後部座席のドアが開く音がした。どきりと心臓が跳ねて、恐怖に体が動かなくなる。――

まさか変質者？

後ろを振り向くことができなくて、助けを求めるようにフロントガラスから地下駐車場を見渡した。

灰色のコンクリートと自動車しかない空間はひと気がなかった。出入り口に警備員がいるのは知っているが、車内からの悲鳴が届くかどうかはわからない……。

どうしよう……誰か……。

「久しぶりだな」

バタンと後部ドアが閉まる音とともに、低い男性の声が車内に響いた。

ゆりえはヒュッと短く息を吸い、さっきまでの恐怖とは別の意味で固まった。

この声を知っている。

この声をずっと忘れられなかった。涙を流すたびにこの声を思い出した……。

そっとバックミラーに視線を移す。

後部座席には大きな黒い影が座っていた。我が物顔で……まるで五年近い乖離《かいり》の年月など存在しなかったかのように平然と、後部シートにもたれかかっている、スーツ姿の黒い影。

「一馬《かずま》さん……どうしてここに」

ミラー越しに視線が合ったが、後ろを振り返ることはできなかった。

後部座席に侵入してきたその男は、ゆりえの反応に臆することもなければ、遠慮するということもなかった。ただ落ち着いた様子で胸の前で腕を組み、バックミラーに映るゆりえの瞳をまっすぐに見つめている。

「君を取り戻しに来たんだ」

一馬は静かに宣言した。

乃木一馬――日本を拠点にしつつ、主に北米と欧州で超高級ホテルチェーンを展開する乃木ホテルグループの創設者の孫にして後継者である男だ。

五年前に別れた、ゆりえの元夫でもある。

「ど……どうして今さらそんなこと……。わたしが別れたいって言ったのをなんの反対もせずに受け入れて、連絡さえしてこなかったくせに」

閉ざされた車内に、ふっという一馬の声なき笑いが響く。

ゆりえのうなじが粟立《あわだ》った。いつもそうだ。このひとのやることなすことすべてに、ゆりえは反応してしまう。どれだけ年月が経ってもそれは変わらなかった。

「それはつまり、反対して欲しかったんだ？」

一馬の低い声は、狭い車内でさらに男らしい色香を増した。座っていなかったら膝からくずおれてしまったかもしれないくらい、一馬の声や喋り方は魅惑的だった。

でも、ゆりえにだってプライドや誇りがあった。事情が。そうですと認めて惨めに泣くわけにはいかない。

「違います。ただ……」

「連絡もして欲しかったんだ？」

「だから、違うって言ったでしょう？　ただの事実の確認です。あなたが今さらわたしのところに来る理由なんてないはずですから……」

「ところが俺は今ここにいる。どうしてだろうな」

どうして……。

それは今、一馬自らが説明したばかりだ。ゆりえを取り戻しに来たと。

わざわざそれを反復して彼を問い詰めるほど、ゆりえは非生産的ではない。質問には答えず、後ろを振り向きたくなるのを必死で堪えながら、ぎゅっとハンドルを握った。

「と、とにかく、あなたはあっさり離婚を受け入れて反対さえしなかった。もう会わないという約束もしたはずです……それだってあなたは一切反対しなかった」

「気づいていないようなのでお知らせするが、『反対しない』と『賛成する』は似て非なる行動だよ」

「それは……。でも、約束は約束です」

自分で口にしながら、これはなんて脆《もろ》い言葉なんだろうと思った。約束。幸せだった頃、一馬とゆりえはたくさんの約束をしたのに、それらはすべて破られてしまっている。

一馬はまるでそんなゆりえの心情を察したように、薄く微笑んでみせた。優しいとさえいっていいような表情だった。

そしてささやく。

「気が変わったんだ」

第一章　追憶

一馬と別れてからこのかた、朝、ゆりえが目を覚ますといつも最初に願うのは、

『これが夢だったらいいのに』

ということだった。

ゆりえの実家を襲ったあの事件も、それに伴う離婚も、すべてただの悪夢だったらと。目を覚ましたゆりえの隣には眠たげな顔をした一馬がいて……微笑みながら優しく彼女を見つめていると……。

ピー、チチチチ。

小鳥のさえずりに鼓膜をくすぐられながら、ゆりえはベッドから体を起こした。

喉がカラカラに乾いていて、飲んでいないのに二日酔いのように頭が重い。それを追い払うようにゆりえは頭を振った。

「朝……」

夢と現実の境界線を引くように、そんなわかりきったことをつぶやく。

でも今朝だけはいつもと少し違った。

（あれは夢じゃなかったのよね……？）

ふらふらと立ち上がり、スマホを充電器から外して画面を開く。日付は当然昨日より一日進んでいて、時刻は朝の六時だった。

今朝のシフトは七時からだから、感傷に浸って呆けている時間はない。寒さに震えながら歯磨きと着替えをさっと済ませ、トーストと果物だけの簡単な朝食をとる。ゆりえは目鼻立ちがくっきりしているので、化粧にはあまり時間がかからない。六時半にはすでにマンションの駐車場でハンドルを握っていた。

エンジンをかける。

すると昨晩の出来事が否応なしに思い出された。

「気が変わったんだ」

と一馬は言った。

ゆりえを取り戻しに来たと宣言し、かつてゆりえのために購入し、体を重ねたことさえある車の後部座席に悠然と座って微笑んでいた。まるで五年の歳月などなんでもないと言いたげな平然さに、ゆりえの胸は締めつけられた。

こんなに……。

ゆりえはこんなに苦しいのに。

後ろを振り向いて直接彼を見たらきっと泣いてしまう。それがわかっていたから、ゆりえはバックミラー越しに彼をキッと睨《にら》んだ。

「あなたと話すことはなにもありません。ヨリを戻すつもりもあ……ありません。か、帰ってください」

ゆりえの声が震えたのを、一馬が気づかなかったはずはない。しかし彼はなにも指摘しなかった。ただじっとゆりえを見つめて、わずかに口元を引き締めただけだった。

「本当に？」

一馬は静かに確認した。

「本当です。当たり前です……」

「そうか」

あっさりとそう受け入れた一馬は、短いため息を吐いて、座席シートから背を離した。彼の身長は百八十センチを優に超えるのに、その動きはいつも優雅で無駄がない。こんなときでもそれは変わらなかった。

あっという間にドアを開け、入ってきたときと同じように颯爽《さっそう》と外に出る。

ゆりえは彼を止める時間さえなかった。

「わかったよ。ただ、諦めたわけじゃない。また来るよ」

かがみ込んで半分開いた後部扉の隙間からそう告げると、一馬はバタンとドアを閉めた。

「え」

拍子抜け、なんていう言葉でそのときのゆりえの気持ちを表すことはできない。自分からすげなくしたというのに、ゆりえは一馬がさっさと諦めてしまったことに落胆した。

彼が車内からいなくなってやっと、ゆりえは後部座席を振り返った。

そこには座席だけのがらんどうの空間があって、なにも残されていなかった。

慌てて背後のリアガラス越しに駐車場内を探すと、一馬はすでにゆりえの車を離れてホテル上階に繋がる出入り口に向かっていた。

ゆりえは彼の後を追えなかった。追ったとして……どうすればいいんだろう？　結局ゆりえはエンジンのかかった車内でしばらく身動きできずにいた。

それが昨夜の出来事だ。

(でも『また来る』って……)

一馬は、言ったことは実行する男だ。

彼がなにかを宣言して、そうならなかったためしがない。いつになるのかはわからないけれど彼はきっとまた現れる。ゆりえの元に。

かつて永遠の愛を誓った元妻である、ゆりえの前に。

＊　＊　＊

日野《ひの》ゆりえが一馬に出会ったのは六年前だった。

季節は春。

短大を卒業したゆりえは、乃木ホテルグループの総本店兼最古である東京都心のホテルに就職したところだった。

ゆりえは世間で言うところのお嬢様である。流通事業で成功した実業家の祖父と、開業医の父。医療の道を志した父は祖父の事業を継がなかったわけだが、父の兄……つまりゆりえの伯父が社長として祖父の後釜に座っていた。

創業者の孫にあたるゆりえのふたりの弟達も、将来的には祖父の会社に入ることを目指している。息子のいない伯父と父の関係は良好だ。

そんなわけでゆりえは、それなりに資産のある安定した家庭の長女として、恵まれた子供時代を過ごした。

しかもふたりの弟がいるため、「お家のため」といったプレッシャーもない。両親はゆりえに、好きな職業につき、好きな相手と結婚しなさいと言ってくれていた。

そんなゆりえが選んだ就職先は、家族でよく利用して心に残っていた乃木ホテルだった。

乃木は数ある高級ホテルチェーンの中でも、他社とは一線を画していた。

客室数は多くない。落ち着いた外観はホテルというより美術館か迎賓館を思わせ、宿泊客は常連が多く、その卓越したサービスと最高級の施設、そしてプライバシーの守られた空間に信頼を寄せている。

数年に一度両親に連れられて泊まりにきた乃木ホテルを、日常と切り離された夢のような場所だとゆりえは思っていた。就職活動中にダメ元で応募した新人採用に受かったときは、興奮でひと晩眠れなかったくらいだ。

ゆりえの学生時代は終わった。

これから大人としての人生がはじまるのだと、意気揚々と仕事に邁進《まいしん》しだした……そのたったひと月後に、一馬はゆりえの前に現れた。

「ねえ、ゆりえさん、もう乃木部長見た？　すっごい格好いいよねぇ。最初、あんまり背が高いから外国人のお客様が紛れ込んできたのかと思っちゃった」

従業員用の控え室で、同期入社の沙織《さおり》に話しかけられる。

乃木、という苗字を不思議に思ってゆりえは首を傾げた。

「部長？　社長じゃなくて？」

「えー、ゆりえさん知らないんだ？　もう従業員の女子の間ではこの話題で持ちきりだよ。アメリカから社長の甥っ子さんが来たんだよ。今年三十歳！　超美形！　未来の社長候補！」

「へえ……そうなんだ」

ゆりえは噂話の類に疎いので、曖昧にうなずいた。

それでも経営者一族の人間関係くらいは仕事の一環として把握していた。

創業者の乃木相馬《そうま》はすでに引退している。相馬のふたりの息子が跡を継ぎ、長兄が北米を主とした海外部門を、次男が日本国内を統括していた。

ふたりの言う「社長」はこの次男を指している。

「乃木社長にはお子さんいないからね。やっぱりアメリカの甥っ子さん達のどっちかが継ぐのかなぁ」

乃木社長は既婚だが、不幸にしてひとり娘を幼い頃に亡くしているという話だった。対してアメリカの長兄にはふたりの息子がいる。沙織の言う通り、時期が来れば長兄の息子のどちらかが日本で社長の役目を引き継ぐのが自然だろう。

「でも部長なんだね。社長補佐とか支配人じゃないんだ」

ゆりえは制服を正し、持ち場につくために身嗜《みだしな》みを整えた。

ゆりえはホテルの顔……フロントのレセプショニストとして配属されている。まだ先輩について業務を学びながらの見習いの身だが、実際にフロントデスクに立つのだ。いつも身の引き締まる思いだった。

「そうなの。そこも部長の格好いいところなんだよ。きちんと実地でこっちの経営を学びたいから、特別扱いしないでくれって言って、すごく気さくだし仕事熱心でね」

「なんの部長？　沙織さんと同じところ？」

「そうそう、企画営業部」

「そっか、じゃあわたしはあんまり接点ないかな……残念」

ゆりえは沙織に挨拶して持ち場に向かった。

——アメリカからやってきた長身美形の社長の甥っ子、将来の社長候補のひとり、か。

ゆりえだってそれなりにお嬢様育ちだったから、それが雲の上の出来事だとは思わない。実家に似た状況に、どちらかというと親近感さえ抱いた。もちろん規模はかなり違うだろうけれど……。

その甥っ子とやらのハイスペックさには人並みの関心を抱いたけれど、どうしてもその彼を見てみたいとか、お近づきになりたいという発想にはならなかった。

(うん。仕事、仕事！)

長女なせいかゆりえは責任感が強く、生真面目で、仕事中に浮ついたことを考えるのは抵抗があった。

おそらく他の女子社員が必死でその社長の甥っ子を追いかけるのを、遠くから眺めるだけになるのだろうと思っていた……その朝。

「わしの部屋がまだ用意できていないだと？」

美しい生け花が飾られたフロントのカウンターに辿《たど》り着いたとき、ゆりえの指導係にあたる先輩が、八十絡みのスーツ姿の男性客の対応をしていた。

「山田《やまだ》様、チェックインは午後三時からになっております。お荷物だけならお預かりできますので、どうぞこちらに――」

「知ったことか！　さっさとわしを部屋に案内せんかい！　嘆かわしい、いつからこのホテルはこんなに格が落ちたんじゃ！」

山田と呼ばれた高齢者は、手にしていた杖を振り回すようにして怒鳴り散らした。本当に杖など必要なのだろうかと疑いたくなるほど矍鑠《かくしゃく》とした動きだった。

ゆりえの先輩は対応に四苦八苦している。

エントランスに他の人間がいないのをいいことに、山田はさらに語気を強めてあれこれと文句を言っている。中には支離滅裂な暴言まであった。

しかし、どうしてだろう……なぜかこの老人には憎めない愛嬌のようなものがある気がした。祖父に雰囲気が似ていたからかもしれない。

ゆりえは先輩である山梨友香《やまなしともか》に近づいた。

友香は、助けてくれと言いたげな作り笑顔をゆりえに向ける。ゆりえはサッと友香の手元にある予約客一覧に目を通した。

山田太郎《たろう》。

書類見本の代表のような名前に、プッと吹き出したくなる口元を片手で押さえた。本名だろうか？

「申し訳ありません、山田様。ただいま支配人に連絡を取りますので、少しお待ちを……」

友香はマニュアル通りにホテル内線をかけはじめた。こういった事態ではすぐに支配人を呼ぶよう指導されている。

『山田様』はまだ怒ったフリをしながら友香の対応の仕方を観察している。

そう……これはフリだ。

祖父にそっくり。

友香が内線で通話しているのを横目に、ゆりえはカウンターから離れ、山田に近づいてにっこり微笑んだ。

「山田様。支配人が参るまで、どうかこちらで足をお休めくださいませ。すぐにお茶をお持ちいたします。お水のほうがよろしいでしょうか？」

エントランス横には外国からの迎賓を迎えても恥ずかしくない広々としたラウンジがあり、和モダンの内装にアンティークの長椅子が程よく調和して並んでいる。

ゆりえはそこに山田を案内した。

「ふむ……君はなかなか見込みがある」

山田はじろじろとゆりえを頭のてっぺんから爪先まで眺めながら言った。

「そうでしょうか……。ありがとうございます」

「落ち着いていて物怖じしないところがいい。客を迎えるのに慣れた人間だな。家は客商売をしているだろう。違うかい？」

長椅子に腰かけると、山田太郎は杖の先で自分の隣をトントンと叩いた。

「ここに座りなさい。君の話を聞きたい」

さっきまでの怒りはどこへやら。すっかり好好爺《こうこうや》の顔つきになった老人にそう促される。

基本的に、客からの要望にはすべて応えろと指導されている。

が、もちろん常識の範囲内での話だ。セクハラに該当することならきっぱり断っていいと言われている。しかし老山田にそんな嫌な雰囲気はなかった。

友香に目を向けると、まだ内線でなにかボソボソと話しながらこちらを見ているところだった。

「わかりました」

ゆりえは素直に山田の隣に腰をかけた。もちろん、適切な距離を置いて。

「山田様。お部屋がご用意できておらず、申し訳ありませんでした。すぐに対応いたしますので、お待ちくださいませ」

「構わんさ。別に本気で怒っていたわけじゃないからな」

にこにこと表情を崩した山田は整った顔をしていた。若き日はかなりの美男だったのではないだろうか。この年代の男性にしてはかなり背も高い。

山田は意気揚々と、ゆりえにいくつか個人的な質問をした——主に、ゆりえの仕事について。そしていくらかゆりえの家庭事情について。

警戒してもよかったのだろう。ゆりえは職務とかけ離れていることをしているのかもしれない。でも、会話をはじめると山田はかなり話し上手で、ゆりえはすっかりこのひとときを楽しみはじめていた。

いつのまにか、青い顔をした支配人とスーツ姿の長身の男性が近づいてくるのに、気づかなかったくらいに。

「爺さん……まったく、なにをやっているんだ？」

ぞくりとするくらい低い声が上から聞こえて、ゆりえは驚いて顔を上げた。

そこには、首を反らして見上げないと顔が見えないくらい背の高い男性がいた。

完璧な着こなしのグレイのスーツ。短めに揃えられた黒髪。瞳は涼しげな奥二重だが、顔の作りは外国人かと思うほど深くはっきりしている……稀《まれ》に見るほどの偉丈夫だ。

そんな彼と目が合った。

息を呑んだのはゆりえだけではなかった……と思う。呆けた顔をしてしまったかもしれない。彼もちょっとおかしな顔をしていた。

それでもその瞬間、ふたりの運命は廻《まわ》り出した。

ふたりはしばらく金縛りにあったように見つめ合っていたが、横にいる支配人がごほんと乾いた咳をして、ゆりえは我に返った。

そして気がつく。

目の前の長身男性の胸元には、このホテルで働いている者全員がつける銀色のネームプレートがある。

――乃木一馬。

乃木！　まさか……噂に聞いたあの……！

「わしは少しばかりこちらのお嬢さんの話を聞いていただけだ。なかなかよい子だ。給料は弾んでおるだろうな？」

「余計なお世話だよ」

乃木一馬はクイッと顎を引き、客であるはずの老人、山田にそう言い放った。

ゆりえは卒倒しそうになった。

いくら創業者の孫とはいえ（そして相手は常識外れのクレーマーとはいえ）、客に向かってなんという口の聞き方。

話してみるといいひとだったとはいえ、山田はおそらく癇癪《かんしゃく》持ちで、いきなり若造に生意気な口を利かれて黙っているとは思えなかった。

ゆりえはさっと立ち上がって、支配人に頭を下げた。

「持ち場を離れて申し訳ありませんでした」

しかし、ゆりえに答えたのは支配人ではなく、乃木一馬のほうだった。

「君が謝る必要はないよ。どうせこの爺さんが無理に君を呼んだんだろう」

山田が乃木一馬に向かって鋭く目を細めてみせる。ゆりえはさらに慌てた。

多少エキセントリックなところはあるものの、山田はいいひとだ。杖をついた高齢者でもある。アメリカからやってきたばかりの次期社長候補に、このホテルから追い払われてしまうようなことになって欲しくなかった。

海外ではクレーマーに対する対処が日本より厳しいと聞く。

ゆりえは一馬に向き直った。

「いいえ、違います。わたしが進んで山田様をこちらにご案内したんです。ここで一緒に座ってお話しさせていただいたのも、わたしの意思です。出すぎたことをしました。申し訳ありません」

ゆりえがそう頭を下げると、山田は横でニヤニヤと微笑んでいる。

乃木一馬はわずかに片眉を上げて、顔を上げようとするゆりえを見下ろした――ゆりえは小柄ではなく、百六十センチ弱ある。それでも乃木一馬の前にいると見下ろされる形になった。

（う……わ……）

視線に、飲み込まれてしまうのではないかと思った……。

そのくらいまっすぐに見つめられる。

もしかしたらせっかくの職場を失ってしまうかもしれない状況だというのに、ゆりえの頭の中は乃木一馬の端正で精悍な顔つきでいっぱいになって、彼から目が離せなくなった。

なんて綺麗なひとなんだろう……。

いや、綺麗というのは違うかもしれない……。とにかく男そのものの迫力と色香がある……。格好いい、と沙織は言ったが、それはこのひとを表すには安っぽすぎる表現な気がした。

「なかなか見込みのあるお嬢さんだと言っただろう、一馬」

山田は長椅子に座ったまま、すらりと足を組んだ。

杖をついて歩く必要のある人間の動きには見えなかった。

――一馬？　よ、呼び捨て？

「そうやって従業員を試すのはやめてくれと言っただろう、爺さん。あんたはもう引退したんだ。いつから山田なんていう名前になったんだ。しかもその杖はなんだ」

爺さん？　引退？

ヤマダタロウはやっぱり本名じゃなかったの？

まさか……。まさか……。

「堅苦しいことを言うな、孫よ。お前もわしくらいの歳になれば理解するようになるだろう。自分の築いたホテルがどう動いているか、知りたかっただけさ」

山田……もとい乃木相馬……世界の乃木ホテルグループ創始者はそう言って不敵に微笑んだ。

ゆりえはその場で、生まれてはじめて失神した。

その日の夕方、シフトを終えて帰ろうとするゆりえの元に、乃木一馬が現れた。

イケメン御曹司の登場に騒然とする従業員の控え室で、一馬はゆりえをカフェに誘った。お詫びだ、と言って。

……ディナーではないところが可愛い。

夕食ともなるとハードルが高いが、カフェであれば仕事帰りの格好でも気楽に入れる。会ったばかりの男性が相手でも抵抗は少ない。

断る口実も見つからなくて、ゆりえはその誘いを受けた。

きっと明日は仕事仲間から質問攻めにあうだろうけれど……後悔はない。

そんなわけで、ふたりは夕暮れのオフィス街の片隅にあるガラス張りの洒落たカフェで、向き合っていた。

ゆりえはトールサイズのラテ。一馬はエスプレッソと、目を疑いたくなる量のスイーツを注文していた。

「今朝はすまなかった。爺さん……いや、祖父のイタズラが過ぎたな」

「いえ……大丈夫です。気にしないでください。わたしよりも、どちらかというと友香さんのほうがかわいそうでしたから」

ゆりえは自分のラテを啜《すす》りながらそう指摘する。

「友香？」

「最初にお祖父様に対応したフロントのレセプショニストです。わたしの指導係で、先輩です」

「へえ。祖父の話によれば、君の先輩はマニュアル通りの対応しかしなかったが、君は臨機応変に頑固ジジイをもてなしてくれたとのことだった」

頑固ジジイ発言に、ゆりえはラテを吹き出しそうになった。

「お祖父様については、仕方ありませんよ。少しくらい頑固で変わり者じゃないと、一から事業を育てるなんてことはできないんだと思います」

カップをテーブルに置き、そっと一馬に視線を向ける。

一方、一馬は遠慮などどこ吹く風で、じっとゆりえを見つめていた。

「まるで知っているようなことを言うんだな」

一馬の口調はやんわりとしていて優しかった。

「わたしの祖父も創業者なんです。運送業で、トラック二台から今のそれなりの大きさの会社に育てました。なんとなく乃木部長のお祖父様に雰囲気が似ています」

ゆりえは説明した。

「……だから、わたしは慣れていただけなんです。友香さんが劣っていたとか、そういうことじゃないんです、きっと」

一馬はゆりえの言葉を注意深く聞きながら、ゆっくりとカップを口元に運ぶ。テイラーメイドのスーツは一馬の動きに合わせて優雅に伸縮して、銀の腕時計がちらりと覗いた。パテック・フィリップ。

このスマホ時代にあっても、一馬はしっかり腕時計に金をかけている男だった。もしかしたら、どうでもいいことなのかもしれない。

でもなんとなく、この事実が一馬のひととなりを表している気がした。男らしくてちょっと保守的で、真面目なひと。

例えば他のメーカーの高級腕時計だったら、ただの成金だと思ったかもしれない。でもパテック・フィリップは本当にこだわる通だけが顧客になるスイスの老舗だ——まるで乃木ホテルみたいに。

「君は面白いな。堂々としているかと思えば控えめで。面白いコンビネーションだ」

「そうでしょうか……？」

「ああ。爺さんの前で俺に立ち向かってきたとき、きっとこれは気の強い女なんだろうなと思った。でもいきなり気絶してしまうし」

「あ、あれは……できれば忘れちゃってください」

「はは」

微笑んだ一馬はちょっと反応に困るくらい魅力的だった。

涼しげな目元が細められて、肉感的な唇が大胆に広がる。完璧な歯並びの白い歯がちらりと現れた。

堂々とした仕草や、少し大袈裟に手や顔の筋肉を動かしながら喋るところは、彼が噂通りアメリカ育ちであることをうかがわせる。

「忘れないよ。あれは多分、一生忘れられないだろうな」

その言葉の意味を——ああ、この言葉にどんな意味があったのかを。

ゆりえはあとになって思い知ることになる。

でもその夕暮れ、二種類のドーナッツとチョコチップ入りのスコーンをまるで息をするようにサラッと平らげてしまった一馬と、それをからかうゆりえとは、ただ笑い合って満ち足りた時間を過ごした。

「ここのスイーツ、すごいカロリーだって聞きましたよ。いつもそんなに食べるんですか？」

「たまにね。これからジムに行くし、俺くらいのガタイになると消費カロリーも多いからいいんだよ。それに、少なくとも俺のエスプレッソにはひと粒も砂糖が入ってない。その無垢そうな君のラテに、いくら砂糖が入ってるか知ってるかい？　これから運動する？」

「む……むむ、それは……」

「ほら」

一馬に惹かれる要素はたくさんあった。

容姿、声、世界に名だたるホテルチェーンの御曹司でありながら、それをひけらかさないところ……。

でも一番惹かれたのは笑顔だった。

そして笑い声。

この笑い声をいつまでも聞いていたかった。彼が笑顔を向ける、唯一の女になれたらいいのにと願った。

そしてふたりでいつまでも微笑み合って、生きていけたら、と……。

お詫びという名目だった一回目のカフェデートは、二回目、三回目へと続いた。

カフェでのデートはいつしかレストランでのランチに進み、出会ってから二週間後には、夜のディナーに誘われた。

その晩、一馬はまるで当然のように当時実家住みだったゆりえの自宅まで車で迎えに来て、

「しなくていい」とゆりえが止めたにもかかわらず、両親に挨拶していった。たまたまお茶を飲みに来ていた祖父までが玄関先に出てきて、ちょっとした騒ぎになったものだ。

はじめてのキスはこの夜だった。

ふたりがはじめて体を重ねたのは、一馬のマンションの寝室だった。

出会ってから二ヶ月が経っていた。なんとなく、初体験は夜になるだろうと想像していたのに、まだ太陽の高い昼下がり。美術館デートの帰り、一馬に誘われるままはじめて足を踏み入れた、彼の部屋で。

優しくはじまったキスは、気がつくと息を奪われるほどの激しいものになっていった。

「は……っ、あ……、かずま……さ……」

「君が欲しい。ずっと……君から俺を欲してくれるのを待っていたが……もう我慢できない」

ちろりと上唇の裏をなぞるように舐められて、ゆりえはぶるっと震えた。

いままでのキスとはまったく違う動きに、ゆりえはついにときがきたことを悟る。ゆりえだって本当はこの瞬間を待っていた。

ただ、自分から言い出すのが恥ずかしかっただけで。

「わたしも……一馬さんが欲しい……です」

　幾重にも重なるキスの波に溺れながら、ゆりえはささやいた。

　一馬の大きな手に背中をまさぐられると、腰から下が液状化してしまったのではないかと思えるほど足元が不安定になる。立っていられなくて、一馬のシャツの胸元をキュッと握った。キスの合間に、一馬がふっと微笑んだ。

「そうだ。それだ。その言葉を待ってた……。君はもっと、なにが欲しいのか言っていいんだよ。俺が全部叶えてやるから」

「んぁ……」

「俺はそれを待ってる。君の願いはすべて叶えてやりたい」

　一馬は大胆なひとだった。

　特に仕事では傲慢と思えるほど強気に己の意見を主張したし、議論をしたり、反対意見を述べるのに躊躇《ちゅうちょ》したりしなかった。

　ひとに流されがちなゆりえは、それを羨ましいと思った。

　でも同時に、一馬は相手の意見を尊重した。ゆりえに対しては特にそうだった。

　その日ゆりえが着ていたのは膝丈のワンピースで、背中に臀部《でんぶ》まで届くジッパーがある。一馬はジッパーのつまみをクッと後ろに引っ張って、ゆりえの耳元にささやいた。

「このジッパーをどうして欲しいのか、言ってごらん」

「それ、は」

「このままお上品に締めたままにしておくのか……それとも俺に……開いて欲しいのか……口にしてごらん。ほら」

「んんっ！」

じらすように耳たぶを甘噛みされて、ゆりえの奥で情欲が吹き出す。あちこちが切なくうずいた──体の中心。太ももの間。胸。

「……いて、ください」

震えながらそうつぶやいたが、一馬はまだ認めてくれなかった。

「もっとはっきり」

「ひ……開いて……ください。ジッパーを……下ろして……服を、脱がせて……」

一馬の唇が満足の笑みを浮かべる。

そこから先は早かった。ワンピースが切り裂けてしまいそうな勢いで背中のジッパーを下ろした一馬は、はらりと開《はだ》けた背中に指を這わせてブラのホックを外した。

外国人も多く住む高級高層マンションのリビングでは、床から天井まで続く大きな窓から都心の街並みが見渡せる。きっとここから望む夜の摩天楼は美しいだろう……でも今はまだ昼下がりだった。

おそらく外部から中は見えない加工が施されたガラスであることは想像がついたけれど、ここで裸を晒《さら》す勇気が湧くわけではない。

「ここじゃ、イヤ……です。外が見えないところに……」

「外が見えないところ？　……風呂？」

「たっ、確かにシャワーは浴びたいですけど、その、行為自体はちゃんとベッドの上がいいっていうか」

「わかってるよ。からかっただけ」

ちゅっと額にキスを受けると、ふわりと体がすくわれて宙に浮く。あっと声を上げたときには、すでに横抱きにされていた。

「はじめてはベッドの上で、ですね、お嬢様。了解しました。すぐにお連れいたしますよ」

ホテルマンとして客に対応するときにしか使わない丁寧な口調で、一馬は言った。真っ直ぐに向けられた笑顔にときめき、胸が痛いほど高鳴る。

「シャワーは……？　先に浴びてもいい？」

「残念ながら、お嬢様、それだけはまだご利用になれません。なぜならこの男は、貴女《あなた》の香りをすべて味わい尽くしたいからですよ……。待つこともできない……」

学生時代はスポーツマンで、今も定期的にジムに通っているという一馬は、華奢《きゃしゃ》なゆりえの肢体などまるで小枝のように楽々と運んでしまう。

抱かれたまま通された寝室は明るい色目のフローリングで、広々としていて、大きなキングサイズのベッドがヘッドボードを壁際にして鎮座していた。

「シャワーはあとで一緒に浴びよう。隅々まで全部綺麗にしてやりたい」

そっとシーツに横たえられる。

すでにジッパーが開いたワンピースは前まで開けていて、ホックの外されたサーモンピンクのブラがなんとか胸の頂を隠しているだけの、無防備な状態だった。

これが初体験であることを、ゆりえはすでに一馬に教えている。

今日まで一馬が待ってくれたのは、そんなゆりえに対する優しさだった。結婚まで待つよ、とさえ一馬は言ってくれた。それが君の信条なら俺は構わない、と。

もちろんゆりえはそこまでお堅いわけではない。ただちょっと奥手で、できれば初体験は心から好きになったひとに捧げたいと思っていたら、二十歳を超えてしまっただけで。

だから今日、彼のマンションに来ることに同意したのはゆりえなりのゴーサインだった。

「あ……ん……っ」

一馬の長くて男らしい指がゆっくりと肌を這う。

ワンピースを脱がされて、下着をはぎ取られて、ゆりえはどんどん生まれたままの姿にさせられていった。

「どうして欲しいのか、言っていいんだよ」

「わ、わたし……。でも、どうするべきか……わからなくて……」

「では、初心《うぶ》なお嬢様に無料のサンプルをお渡ししましょうか……。気に入ったものがあればお伝えください。いくらでも……何度でも……ご奉仕いたしますよ」

こんなに色っぽいホテルマンごっこは反則だ……。

初体験のゆりえには戸惑うことばかりだったけれど、どうしようもなく体の奥がうずくのも、また事実だった。

「まずは……っ、はぅ……こう」

「は……っ、はぅ……っ！」

一馬はゆりえの乳房のひとつを手のひらですくい、奥ゆかしく沈没している桃色の先端をチロチロと舐めはじめた。

甘くて切ない官能がじわじわと迫ってくる。

一馬の舌に可愛がられた蕾《つぼみ》はゆっくりと膨らみはじめた。まるで芽吹こうとする花芽のようだ。胸の先端という小さな一点から、全身に痺れが伝わっていく。

「つん――あぁ……こ、こんな……」

思わず背を弓形にすると、かえって胸部が一馬に接近することになり、快感が増した。

すでにピクピクと震えはじめたゆりえを見つめながら、一馬の唇が薄い笑みの曲線を描く。

しかし彼の目は笑っていなかった。

「お気に召していただけたようですね、お嬢様」

「お……お気に召してなんて……ぅあ……あ」

「気に入らない？　では、こちら側も試してみましょうか」

「きゃう……！」

もう片方の乳房も彼の手に捕らえられてしまう。

今度は舌ではなく人差し指の先で、蕾を軽くひっかくように刺激された。たまらなかった。

両方の乳首がピンと立ってしまうと、与えられる快楽も段違いに大きくなる。

ゆりえは翻弄され、玉のような汗が額の生え際にじわりと浮いた。

「わ、わたし……へんに……なっちゃう……こんな、あ、もう……」

「それでいいんだ、ゆりえ。逃げなくていい……。綺麗だ」

一馬もまた額に汗を浮かべ、呼吸を荒くしていた。

じっくりと愛撫を受けた胸の蕾はすっかり熟れて、普段の桃色よりも濃い赤になってぷっくりと膨れ、一馬の唾液に濡れている。

太ももの間にじんわりと熱が籠もり、ぬるりとした粘液が漏れはじめるのを感じた。

（これから――）

ここに一馬が彼のモノを埋める。

それはわかっていた。そのくらいの知識はあった。ただ、胸に関しては手淫による経験があったから、まったくの無防備というわけではなかったけれど……下のほうは、自分でさえ弄《いじ》くったことのない未知の場所だ。

「や……やっぱり……先にシャワーを……」

「もう遅いよ。せっかく濡れ出しているんだ。はじめてならなおさら……このままのほうがいい」

「ん……っ」

一馬の片手がそっとゆりえの腹を撫で、そのまま下の茂みを探った。とろりと滴《したた》る愛液が、まるで蜜口の居場所を知らせるように男を導く。

「君のここに触れるはじめての男になれて……嬉しいよ」

ぷつ、という異物の侵入を感じて、ゆりえは背筋を硬直させた。尿道でも肛門でもない、生理のためだけにあった蜜道に一馬の指が入る。

「は——っ、あ……」

「そしてできるなら……最後の男にもなりたい。さあ、力を抜いて。きちんとほぐしてあげるよ。こんなにキツく咥《くわ》えられたら、いくら俺でも一瞬で終わってしまう」

キツく咥え……。

一瞬で終わって……。

知識として知ってはいても、経験のないそれらの言葉に、ゆりえは戸惑うほどの生々しさを感じた。ゆりえはこれから本当に一馬に抱かれる。

彼のモノをここに受け入れて……女になる。一馬の女に。

一馬はゆらゆらと指の出し入れをはじめた。同時に外にある親指の先で花芽をくすぐるように弄くる。二枚の襞《ひだ》に隠れた陰核はすぐに暴かれ、甘やかな刺激を受けた。

「あ！　あ……！　そ、それは……っ」

狂おしい。

もう狂おしいとしか表現できない、息苦しくなるくらいの快感が、荒れ狂う海の高波のようにゆりえを襲う。逃げることも抗うこともできず、ゆりえは飲み込まれていった。

「ん——！　あぁぁっ！」

ゆりえはビクビクと痙攣《けいれん》しながら絶頂を迎えた。視界が白んで、星のような煌《きら》めきがいくつも散る幻覚を見た。

「はあ、はぁ……ぁ……」

「いい子だ。驚くほど感じやすい体だ……」

「かず……ま……さん、わたし……わたし……」

「そろそろ……挿《い》れさせてもらうよ。これ以上は我慢できそうにない」

一馬の声はかすれていた。もともと低い声がさらに低音になって、その男らしい響きにぞくりとする。

絶頂により溶かされた体は欲望に素直だった。

彼を欲しいと思った。早く、彼のモノに満たされたい、と。

「はい……き、て……」

一馬は小さくうなずくと立ち上がってシャツを脱いだ。

日焼けしたたくましい上半身が現れる。個々の筋肉がくっきりと線を描いて割れているのが見えるような、本当に鍛えられた体だった。背が高いので一見すらりとしていて、服を着ているときはここまでとは思わなかった。

一馬はそれをひけらかすことなく、かといって照れたり恥じたりするわけでもなく、そのままベッドサイドにあるナイトスタンドの棚の中から避妊具を取り出した。

パッケージは英語だった。

ＸＬの太文字が光っている。

いろんな意味で、ゆりえはごくりと喉を鳴らした。

素早くズボンと下着も脱いだ一馬は、一糸纏《まと》わぬ姿で避妊具の包装をピッと破る。

まさか……。まさか避妊具の包装を破るという生々しい行為が、これほど色っぽいものだとは思わなかった。

ゆりえはベッドの上で体を起こしてシーツを胸元に当て、一馬の挙動を見守る。ゆりえがなにを見ているのか、もちろん一馬は理解していた。

「……最初は、痛むかもしれない」

「は、はい……」

「悪いね。これぱっかりは……努力でどうなるものでもなくて」

「それは、なんとなく……わかります」

多分……。

女性の胸の発育と似たような感じなのかもしれない。いくらサイズに関して努力しようとしても、結局遺伝子に勝つことはできないという、あれだ。

その、息を呑むような丈の男性自身に避妊具を装着し終えた一馬は、ベッドの上に乗ってゆりえに近づいた。熱い口づけをされるかと思ったのに、一馬が選んだのはほっぺたへの軽くて甘いキスだった。

「頑張ってくれたらご褒美になんでも叶えてあげましょう、お嬢様」

「もう。そのホテルマンごっこはここまでにしてください。わたしは本当の一馬さんに抱かれたいの」

一馬は微笑んだ。

「全部俺だよ。ふざけていても、真剣でも、全部。君を求めているただの男だ」

そうして一馬はゆりえに覆い被《かぶ》さってきて、ゆりえの背はシーツの波に沈んだ。

ゆりえの蜜口は確かに濡れそぼっていたし、絶頂だってすでに迎えていた。それでも一馬の質量をすべて受け入れたときの激痛に、ゆりえは涙を止められなかった。

「すまない……」

一馬は荒い息の合間に小さくささやいた。

いいの、大丈夫……と答えようとしたが、息苦しくてできない。震える唇を動かして声なくそう伝えると、一馬は慎重にさらに奥に突き進んだ。

処女が散らされ、一馬の肉棒がゆりえの最奥に届く。

――痛みと幸せがこれほどないまぜになった瞬間が他にあるだろうか？

あるとしたら出産くらいかもしれない。

そのどちらもこの同じ器官で行われるのだから、女とは難儀な性だ。それでもゆりえはこの瞬間、誰よりも、なによりも幸せだった。

満たされていた――文字通り。

「ああ……あぁ……ん！　ひ……ひぅ……っ」

一馬のピストン運動がはじまるとゆりえの体は乱暴に揺さぶられた。

痛みから出発したこの行為は、次第に甘美な快感を帯びてくる。

ゆりえはあられもない嬌声を漏らし続け、一馬は時々、ゆりえの胸や耳たぶに性急な愛撫を仕掛けながら、激しい抽送を繰り返した。

「すき……。かずま、さん……好き……」

うわ言のように、そうささやく。

「俺のほうが君を愛しているよ。そうだ……君を愛してる……。未来ではきっと、もっと

……」

こんなとき、おそらく男のひとは自身の快楽以外なかなか頭が回らないだろう。でも一馬はゆりえのささやきに真摯に答えてくれた。

──愛しさが増す。

快感も、それに倣《なら》うようにぶわりと膨らんだ。

体の奥をこじ開けられるような圧と、微肉を擦られるもどかしい官能に気持ち良さが高まっていく。

「んぁ……っ、ああ！」

限界が近くなり膣《ちつ》がぎゅっと緊縮した。それに合わせて性器と性器がさらに密着し、その刺激に一馬のモノは質量を増し、ゆりえはたまらなくなって背を反らした。

角度が変わると、与えられる快感も変わる。

強くひと突きされると、ゆりえは達した。

「ぐ……っ、くそ……ああ……」

貪欲なくらいに膣の中の異物に吸いつく媚肉に、一馬も最後のうなり声を上げて絶頂を迎えた。

吐精の瞬間、一馬は上半身と首を反らして狼が遠吠えするような格好になった。

欲望の杭はさらに奥深くゆりえを穿ち、すでに快楽の海に溺れていたゆりえをさらに深いところへ沈める。

大量の飛沫を放つと、一馬はぐったりと倒れてゆりえに覆い被さった。

言っておくが一馬は本当に大柄な男だ。長身であるだけでなく、首回りや肩幅も遥かに平均を超えている。そんな彼にぺしゃんこにされそうになって、ゆりえは笑いとも悲鳴ともつかない「ひゃっ」という妙な声を上げた。

「……すまない……待って、くれ……今だけ……」

ゼエゼエと喘鳴《ぜんめい》のような荒い呼吸を繰り返しながら、一馬はそうつぶやいた。

もしマットレスが固かったら痛かったかもしれない。でも一馬のベッドはふかふかで、シーツも布団も柔らかく、押し潰されたからといって苦しくはなかった。

「大丈夫ですよ……。一馬さんこそ、苦しそう……」

「苦しくはないよ。ああ……畜生……まるで十代のガキだ……。もう少し持つと思ったのに……あまりにも、よすぎて」

それはいいことなのだろうか？

そうだと思いたい。

少なくともゆりえにとっては素晴らしい初体験だった。痛みがなかったとは言わないが、本当に痛みだけで終わってしまった体験談をいくつも聞いたことがある。一馬はきちんとゆりえに悦びを与えてくれた。

得難い経験だ。

ゆりえはちゃんとそれをわかっている。

彼の顔を見たかったのに、下半身が繋がったまま押し潰されているので体が動かせない。ゆりえはなんとか首だけ上に反らせて、一馬の顔を見つめた。

「あなたに逢えてよかった」

こう言おう、と思ったわけではなかった。口が勝手に溢れていた想いを告げてしまったような感覚だった。

一馬はわずかに上半身を持ち上げ、じっとゆりえを見下ろした。彼女の片手を取って、ぐっと彼の胸元に引き寄せる。

「俺もだよ……。君に逢えてよかった。逢えなかったらと思うだけで寒気がする。どうやら爺さんに感謝しなくちゃならないみたいだな」

ふたりは笑った。

一馬がゆりえに正式にプロポーズしたのは、この一週間後だった。

挙式はその年の冬、クリスマスの直前という少し珍しい季節になった。

一馬は七月、ゆりえは十一月生まれで、ふたりは二十一歳と三十歳になっていた。

挙式とウェディングパーティーは東京の総本店ではなく軽井沢の乃木ホテルで執り行われる

ことになり、アメリカからの招待客は乃木家の負担で宿泊までセットという豪華なものになった。

「でも、お式はそんなに大袈裟じゃなくていいの。近い親類と親しい友達だけで……」

というゆりえの希望を、一馬はもちろん叶えてくれた。

「了解しましたよ、お嬢様。ホテルマンたる者、お客様の希望をすべて叶えるのが本懐ですから、ご希望通りにいたしましょう」

……と、ふざけて。

普段の一馬は大胆で強引で、ふたりの関係は一馬のほうが舵《かじ》取りをしていることが多かった。でも彼は時々こうしてゆりえに仕えるようなフリをする。

世界に名だたる高級ホテルチェーンの御曹司として育った男の『仕えるフリ』は、もちろん堂に入ったものだ。

アメリカに帰っていた相馬も訪日して演説を打つなど、式は華やかに執り行われた。

初夜は情熱的だった。あの夜をゆりえは永遠に忘れない。

すべてが変わってしまったのはそれから数ヶ月後だった。

名実ともに完璧といっていい結婚だったのだ——ふたりはいわゆる適齢期で、両家ともそれなりにバランスが取れ、なんといっても愛し合っていた。

忘れもしない、結婚してから最初の春。

つまり一馬とゆりえが出会ってからちょうど一年を数える頃、それは起こった。

「アメリカに帰る……？」

結婚して一馬のマンションで同居をはじめたが、ゆりえは仕事を辞めたりはしなかった。

しかし、労働時間が完全にシフト制のゆりえに対して、営業職の一馬の帰宅時間は遅かったり早かったりまちまちだ。

久しぶりに自宅で一緒にのんびり夕食をとれた金曜日の夜、一馬は来週のアメリカ行きを告げた。

「いや、帰るっていうか、今はこっちを基盤にしてるから海外出張だな。二週間くらい……。急なんだが、有馬《ありま》ひとりじゃちょっと片付けられないでかい案件が入って」

一馬は説明した。

乃木有馬は一馬の三歳下の弟だ。今はニューヨークの乃木ホテルのひとつで、若き支配人として活躍しているという。西海岸で有名だった日本人寿司職人を総シェフに迎え様々なイベントを開催したりと、話題にも事欠かない。

ゆりえとは、もちろん結婚式で顔を合わせていた。

一馬をもう少し細身にして穏やかにした感じで、話してみると気も合った。なによりも一馬と有馬の兄弟仲はとてもいい。

「そっか。有馬さんからのお願いじゃ断れませんね」

「ゆりえも来るかい？　滞在場所なら十分あるよ。俺が働いている間は観光しててもいいし」

「うーん……。行ってみたいけど、友香さんが産休に入ったばかりでまだギリギリで回してるところだし……部長夫人だからって今シフトに穴開けるのはちょっと……」

……と、今晩のために腕を振るった料理を箸の先でつつきながら、ゆりえは迷った。

そうなのだ。創業一家の御曹司、かつ現職場の上司と結婚したからといって、業務上では特別扱いはしないで欲しいと一馬にも周囲にも伝えてある。仕事そのものもとても楽しくなってきたところだ。

「ゆりえはさ、もっとわがままを言ってもいいんだよ」

一馬はやんわりと指摘した。気持ちいいくらいの勢いでゆりえの手料理を平らげながら。

「真面目なのはゆりえの可愛いとこだけどな。そこまでこだわらなくても大丈夫だよ。俺と結婚したのは事実なんだし、それを隠してるわけでもないし」

「そうですね……。とりあえず明日も出勤なんで、休めるかどうか聞いてみます」

「俺がどうにかしてやるのに」

「だ、だめですよ……っ、裏から手を回したりしないでくださいね！　ちゃんと来月にはもうひとり入る予定だって聞いてますから、そうしたらシフトにも余裕ができるし」

一馬の海外出張自体は珍しいものではなかった。

結婚してからこれで二度目になる。一馬の現在の肩書きは企画営業部の部長とはいえ、将来は世界の乃木ホテルグループを背負って立つ人間である。

最初の出張はついて行ったが、一馬は多忙で、ゆりえにはほとんどすることがない。だから、どうしてもついていかなくちゃいけないとは思わなかった。

次の日、直属の女上司に二週間の休暇申請をすると、彼女は固まってしまった。

「そ、そう……ご主人が出張なら仕方ないわね……。なんとかするから、大丈夫よ。いってらっしゃい」

震える声で休暇の許可を出そうとする女上司に、ゆりえの心は沈んだ。胸が痛む。

本当は、こんなにいきなり二週間もシフトに穴を開けたりできないのだ。

でも、一馬の妻になったゆりえの希望を、ただのフロントマネージャーが断れるはずがない。

一馬がわざわざ圧力をかけたりしなくても、『圧』はすでにここにある。このマネージャーも含め、子持ちの同僚だっている。

ゆりえが不在中、彼女達がどんなペースでシフトを回さなければいけないのか想像できるくらいには、ゆりえもすでにベテランだった。もしかしたら産休に入ったばかりの友香が呼び戻される可能性も……。

「あの……やっぱり、行かないことにします。混乱させてすみません。残って仕事を続けます」

「ええ？　いいのよ、ゆりえちゃん。本当になんとかするから。乃木部長が寂しがるでしょう」

「いいんです。どちらにしても出張中の彼は忙しくて……ほとんどひとりきりですし、たまに会えても会食とか色々付き合わされて……全部英語だから気疲れしちゃうんですよ。本当は断る理由を探していたんです」

「そうなの？　だったら嬉しいけど、無理はしないでね？」

「はい。全然大丈夫ですから……」

……ということで、その夜ゆりえは、今回の出張には同伴しない旨を一馬に告げた。

彼はちょっと落胆したようだが、比較的すぐに納得してくれた。

おそらく彼自身も、ほとんど一緒の時間を過ごせないのにゆりえをアメリカまで連れ回すのに躊躇を感じていたのかもしれない。彼にとっては第二の母国である住み慣れた国でも、ゆりえにとってはまったくの外国だ。

「それでね、ついでだから、一馬さんがいない間は実家で寝泊まりしようかと思うんです。弟達も大学に入って、お母さん寂しそうだから。ちょっと親孝行でもしようかと思って」

「ああ、それはいい案だな。お義父さんとお義母さんによろしく」

そうしてふたりは二週間離れることになった。


数日後、一馬が小さなスーツケースひとつでユナイテッド航空ジョン・F・ケネディ空港行きの便に乗っている間、ゆりえはボストンバッグを抱えて久しぶりの実家に帰った。

「久しぶりねぇ、ゆりえ！　嬉しいわ。ゆっくりしていきなさいな」

「ただいま、お母さん。しばらくお世話になります」

「そんなにかしこまらなくてもいいのよ。出戻りってわけでもあるまいし。新婚なのに一馬さん出張多くて寂しいわねえ」

玄関をくぐるなり、母が盛大にゆりえを迎える。

上の弟はすでに京都の大学に入って二年目、下の弟もこの春から大学生となり、自宅からの通いではあるものの家にいる時間はぐっと減っているという。子煩悩だった母には寂しい日々だろう。

「出戻りだなんて縁起でもないこと言わないで……。それにわたし達、もう新婚ってほどじゃないし」

「なに言ってるの。まだ半年も経ってないでしょう。仲良くしてるの？　子供はまだ？」

「もう。まだだってば。仲良くはしてます」

母はいそいそとゆりえが好きな銘柄の紅茶と甘味を用意していく。居間のコーヒーテーブルは瞬く間に銘菓の展覧会になった。

「お母さんってば。一馬さんいないんだからこんなに食べられないよ？」

「あら、そうだったわねぇ、ついつい。一馬さん本当によく食べてくれるから、ゆりえが来るとなるとお菓子をたくさん買う癖がついちゃったみたいだわ」

熱々のポットをテーブルに置きながら、母は肩をすくめる。

長らく空けていた実家は居心地がよかった。

ゆりえは、母がゆりえの歳にできた長女で、まだ若々しい。なんでもあけすけに相談できる仲だ。父が忙しいひとだったぶん、ゆりえはこの母に愛されて育った。

「次の里帰りは出産のときになるかしらね、ふふ」

そんな風に微笑む母につられて、ゆりえも小さく微笑んだ。

一馬はまだ避妊を続けていたから、今現在、ゆりえが妊娠する可能性は低い。

――君はまだ若い。仕事も面白くなってきたばかりだろうし、俺はもう一、二年待てるよ、と言って。

ゆりえはそれに反対しなかった。

本音を言えば、一馬との間にならすぐでも欲しいと思っている。でも仕事が楽しいのは事実だし、もう少しふたりきりの時間を楽しむのも悪くないなと、了解したのだ。

ゆりえの年齢や仕事の他にも、一馬がどのくらい日本に居続けるかまだわからないというのが、避妊を続ける理由のひとつだった。

日本の本社を継ぐのは一馬か有馬になる。

しかし、一馬の叔父である現社長はまだまだ健在だ。まずは一馬が数年、その後に有馬が数年と順番に日本で経験を積んで、どちらか適任者が選ばれることになっているという。

乃木ホテルは確かに日本が発祥だが、今日となっては海外部門のほうが多く利益を出す年がほとんどなのが現状だ。一馬自身、特に日本にこだわっているわけではなかった。

将来的にはアメリカに居を移す可能性もあると、結婚時にしっかり告げられている。

これにも、ゆりえは反対しなかった。

基本的に、ゆりえは一馬の意見や決定に反対することはしない。そういう性分でもあるし、年齢差もあるし、なによりも一馬を信頼しているからだ。

移住については……日本を離れる寂しさはあるものの、海外生活への憧れもある。

実家と離れすぎるのは辛いが、昨今いくらでも動画で繋がれるし、幸い乃木家は里帰りのチケット工面にあくせくしなければならない経済状態ではない。祖父の会社を継ぐ予定のふたりの弟の存在も、ゆりえの心の負担を軽くしていた。

だから今は、実家に甘えられるこの機会を大切にしようと、ゆりえは今回の滞在を楽しんでいた。

母の料理を手伝い、非番の日は一緒にショッピングをして、外でお茶を飲む。

夜は父や弟とも団欒《だんらん》した。

すぐ隣に居を構える祖父も時々は夕食を共にし、時間は飛ぶように過ぎていった。

一馬が恋しくなかったわけではないが……ふたりにはこれから先の長い長い人生がある。

そう、疑っていなかった。


それは一馬がニューヨークに発ってからちょうど一週間が経った日の朝だった。

珍しく家の電話が鳴る。

父も母もきちんとスマホを操れるひとだったから、現在の日野家の自宅に電話をかけてくる人間は少ない。

その日ゆりえは遅番のシフトを頼まれていて、夕方からの勤務だったので、まだパジャマ姿でのんびりとしているところだった。

「はい、もしもし。日野です」

乃木です、と言いそうになってしまう自分がくすぐったい。

受話器の向こうで、ガチャガチャという嫌な騒音がして、それから年齢不詳な男性の濁声《だみごえ》が響いた。

「税金泥棒め！　犯罪者！　お前達のしたことはわかってるんだぞ！」

「⁉」

ゆりえは驚愕して思わず通話を切った。

「な、なに……？　いたずらにしたってたちが悪い……もう」

嫌な朝のはじまりかただな、と思いながら、ゆりえは深いため息を吐いた。

しかし、これが地獄のはじまりだったのだ。


嫌がらせの電話は鳴り止まなかった。

すでに仕事に出ていた父が戻ってきて、怒りに顔を紅潮させながらあちこちに連絡を取っている。母は対照的に蒼白で、居間と台所を所在なく行ったり来たりしながら、泣きそうな顔をしていた。弟達も帰ってくる。

テレビのワイドショーでは、ひっきりなしにひとつの新しいスキャンダルを報道している。

——日野運輸元会長、某有力国会議員を騙して税金を横領、着服疑惑。

「お祖父ちゃんがそんなことするわけないわ。手土産の菓子折りだって受け取りたがらないひとなのに、人様の血税を横領するだなんて……」

祖父を知っている人間なら、ゆりえでなくても皆そう言うだろう。

しかしワイドショーの意見は違うものだった。

祖父の若い頃の大胆な経営手腕を「強引で横暴」だったと歪曲《わいきょく》し、彼の唯一の道楽であるクラシックカーの所有を指して「浪費家である」とほのめかす。言いたい放題だ。

それでも相手がワイドショーのうちはよかった。

祖父の自宅に警察の捜索が入るに至って、ゆりえはことの重大さにガクガクと震えた。決定的な証拠は見つからなかったものの、祖父は事情聴取のため警察に連行された。

ゆりえは仕事を休んだ。


それからしばらくの出来事を、実は、ゆりえはあまりはっきり覚えていない。

おそらく頭の奥にはきちんと記憶があるのだろう……。でも、心が思い出すことを拒否している。

連日続く、罵倒。嫌がらせ。悪口。いたずら電話。

信頼を裏切ってしまった顧客への対応は本当に心が痛んだ……。

あくまでその時点では疑惑に過ぎなかったが、最早、ニュースが独り歩きして真実は重要ではなくなっているようだった。

一馬は仕事を押して予定より一日早く帰ってきてくれたが、彼の帰りを待つ間、ゆりえの心はすでに決まっていた。

一馬を……そして乃木ホテルを、この騒動に巻き込むわけにはいかない。彼は利用者からの信頼をなによりも大切にしている、数千の従業員を抱えたホテルチェーンのトップになる男なのだ。

なによりも、ゆりえは一馬のことを知りすぎていた。

ゆりえの夫として、きっと一馬はこの疑惑に立ち向かってくれる。ゆりえと日野家の味方をしてくれるはずだ。そうなったら……おそらく彼は多くのものを失う。

——そんなのは絶対に嫌だ。耐えられない。

ゆりえは一馬が成田空港に到着した報を受けると、ふたりのマンションへ帰り、そこで彼の帰りを待った。

いつもだったら、ここでぎゅっと抱き合う。そのまま体を重ねるかもしれない。

でもその日、ゆりえは玄関先で、はじめて一馬に向かって三つ指をついて、頭を下げた。

「お願いします……。離婚してください」

第二章　契約

そして、昨夜の突然の再会……。

あっさり帰ってしまったけれど、一馬はきっとまたゆりえの元に来る。その確信はあった。

でもその朝、いつも通り制服を整え、「乃木」のネームプレートを胸につけて東堂ロイヤルガーデンホテルのフロントデスクに立ったとき、ゆりえは驚きに息を呑んだ。

フロントから見渡せるエントランスロビー天井には、アールデコ様式の巨大なシャンデリアが煌めいている。

その輝きをさも当然のように優雅に浴びながら、応接ソファで悠然とエスプレッソを啜っている男……乃木一馬が、じっとこちらを見つめていたからだ。

「ねえ、ねえ、ゆりえちゃん、ロビーのソファに座ってる男のひと、見た？　すごい格好いいよね？」

ゆりえより数分前にフロントデスクに入っていた高田は、前日の遅番のレセプショニストと引き継ぎ業務をする傍ら、ゆりえにそう耳打ちした。

——ええ、知っていますよ。

——あれは世界的に有名な高級ホテルチェーンの御曹司で、優雅にエスプレッソなんて飲んでますけど、本当は甘いものが大好きなんです。ああ、そうそう、実は五年前まであのひとと結婚していました。離婚しましたけど。

……と、喉まで出かけた告白を、唾と一緒にごくりと呑み下す。

かわりに、

「そうですね」

と当たり障りのない返事をして、エントランスホールから目を離して引き継ぎ業務に集中するフリをした。

「あのひと、なんかずーっとこっちを見てるの。ドキドキしちゃう」

熱いため息とともに高田がそんなことを言うくらい、一馬の視線は熱烈で、疑いの余地がないくらい真っ直ぐにこちらを見据えている。

今朝の乃木一馬は、ダークグレイのスーツに黒いシャツ、ノーネクタイという格好だった。一馬くらいの長身とスタイルの良さがなければ、ヤクザかと思ってしまうような出で立ちかもしれない。でも彼が着ると、まるで雑誌から抜け出してきたような洗練さがあった。

そっと視線を移すと、襟元のラペルとシャツ袖のカフリンクスに、お揃いの黒曜石を使ったアクセサリーが控えめに輝いているのが見えた。

（そんな……）

動揺に、ゆりえは息苦しくなった。

（どういうつもりなの？　わたしに見せるために、わざわざ？）

一馬の身につけているラペルピンとカフリンクスは、婚約時代にゆりえが彼に贈ったものだった。

一馬は浪費家ではなかったが、仕事のための服装には金を惜しまない。ホテル業界の御曹司として、そういう風に育てられたのだろう。オーダーメイドのスーツはもちろん、靴や靴下もきちんとした老舗メーカーで揃えていた。

それ以外にもいくつか、スーツのためのスカーフやメンズアクセサリーを所有していて、要所要所で上手くファッションに取り入れていた。華やかなのに嫌味にならないのは、センスの良さもあるが、それを身に着ける一馬の人柄のおかげだろう。

そんなわけで、付き合いだしてはじめての一馬の誕生日、ゆりえはプレゼントにラペルピンとカフリンクスのセットを奮発した。十八金にエメラルドカットの黒曜石がセットされた国産メーカーの品で、母の買い物に同伴した高級デパートで発見したのだ。

安くはなかった。当時のゆりえのお給料の半分近くを持っていかれる値段で、もし実家住みでなければ無理だったはずだ。でも、ショーケースの中で輝くその品を見たとき、きっと一馬に似合うだろうなと確信した。

もしかしたら「重い女」だと思われるかもしれない……という不安はあったものの、一馬はゆりえが驚くほど喜んで、素直に受け取ってくれた。

そして……。

(お返しに、これを……)

四ヶ月後のゆりえの誕生日に、お返しだと言って一馬はネックレスと指輪とイヤリングのセットを贈ってくれた。ゴールドと黒曜石が基調なのは同じだが、ゆりえのセットにはダイヤモンドも使われていた。

指輪とイヤリングは大ぶりで、仕事にはつけていけない。でもネックレスは控えめなゴールドチェーンの先端にワンポイントのチャームがあるだけで、許容範囲内だった。

ゆりえは離婚以降、このネックレスに外した結婚指輪を一緒に通して常に身につけていた。

……もちろん今も。

あれこれと思い出しているうちに引き継ぎは終わってしまう。

ゆりえと高田はいつでも客を迎えられるようにフロントデスクに立った。

一馬はまだ同じ場所に座ったままで、ゆりえをじっと見つめている。

ただ距離のせいで、ぱっと見では、ゆりえを見つめているのか高田を見つめているのかはわからない。

一馬はまたひと口エスプレッソを啜った。

こういうとき、普通の神経のひとなら、新聞か雑誌かスマホを手にして見ていないフリを繕ったりするものではないだろうか？

しかし一馬にそういった小賢しさは一切ない。彼は見たいものを見て、言いたいことを言う。そういうひとだ。

だからこそ彼がゆりえの願い出た離婚をなにも言わずに受け入れたとき……それが彼の望みなのだとわかって、傷ついたのだ。自分から申し出ておいて、傷つく権利なんてなかったのに、それでもゆりえの心はあのとき血を流した。

（それなのに……）

もうすぐ五年という歳月を超えて再び、彼はここにいる。

ゆりえの目の前で、ゆりえが贈ったものを身につけながら、ゆりえを見つめている。

時計は午前七時十分を指していた。

「ねえ、ゆりえちゃん。もうモーニングビュッフェはじまってますよって、あのひとにお伝えしたほうがいいかしら。どう思う？」

高田がこっそり声を落として聞いてくる。

エントランスロビーを陣取る長身美形とお近づきになりたい下心が見え見えではあるが、高田を責めることはできなかった。これだけあからさまに見つめられては、なにかご要望がございますでしょうかと尋ねるのがホテルマンとしての正しい姿だ。

もしかして一馬は、それを待っているのだろうか？

「宿泊客ならいいと思いますけど……待ち合わせのひとかもしれないし……」

エントランスロビーと各種のレストランは宿泊客以外にも広く開放されている。ロビーにはバーもあり、そこで短いミーティングを済ませるビジネスマンも多かった。

そもそも一馬は、世界に名だたる乃木ホテルに泊まり放題の星の元に生まれついている。わざわざ「ちょっと格のいいビジネスホテル」程度である東堂ロイヤルガーデンで夜を明かす必要はないのだ。

しかし……。

「ううん、あのひと、昨夜デラックススイートのひとつに予約なしで部屋を取ったお客さんなんだって。引き継ぎで佐伯《さえき》さんがこっそり言ってたでしょ？　聞いてなかった？」

「ええ？　ほ、本当に？」

一馬に気を取られていて、上の空だったのが裏目に出た。

確かに昨夜、ゆりえの車を降りた一馬は、ホテル内に繋がる出入り口へ消えていった。おそらくすでに部屋を取ってあり、ここに泊まるつもりでいたのだ。

確かに、『また来るよ』と一馬は言った——。

（と……当然じゃない……！　また来るどころか、そもそも去ってないんだし！）

呆れると同時に、一馬らしいな……とも納得してしまう。警告するようにキッと一馬を見つめ返すと、彼は満足げな笑みをゆりえに向けた。

バックミラー越しではない、五年ぶりに見る一馬の笑顔だった。

ポッと火がついたように体の奥が熱くなる。膝が震えて、くずおれてしまわないように目の前のフロントデスクの端をギュッと掴む必要があった。

笑顔ひとつで、こんな。

「高田さん、行ってきても大丈夫ですよ。まだお客さん少ないから、ここはわたしひとりで対応できますし」

「そう？　本当に、ちょっとお声がけしてビュッフェの場所をお伝えするだけだから」

「ええ。実は聞きたいのに聞けないだけかもしれないですし、どうぞ」

コソコソとそうやり取りしたあと、高田はいそいそと一馬に近づいていった。

一馬の反応を見るのが怖くて、ゆりえはフロントデスクに置かれたモニター画面を確認するフリをして目を逸らした。

(もしかしたら本当に高田さんを見つめてたのかもしれないし。実はレセプショニストフェチなのかも……)

しかし、二分と経たないうちに高田はすごすご戻ってきた。

「……朝食はいらないんですって。待っているひとがいるだけだから、って」

「…………」

待っているひと……。

ゆりえは画面からそっと顔を上げて、ロビーのソファをうかがった。

一馬は相変わらずこちらを見つめていて、すぐに視線が絡み合った。

すでにエスプレッソのカップは空になっているようで、足元のコーヒーテーブルにぽつんと置かれている。片腕を背もたれに乗せ、長い足を優雅に組んでいる姿は、ビジネスマンというより俳優かモデルのようだった。

端正な顔立ちだけでなく、一馬は全体的に華のある目立つ容姿をしている。ありていに言って、ストーカー向きではなかった。ひと目を引きすぎる。

それからしばらく他の宿泊客の対応が重なり、フロントデスクを含めるエントランス付近は忙しくなった。

ゆりえも高田も一馬に構っている暇はなく、そのまま一時間が過ぎる。

そして二時間。

やがて時計が午前十時を指して、それでも一馬の定位置（ロビーのソファ）と視線の先（ゆりえ）が一切変わらないに至ると、ゆりえはついに黙っていられなくなった。

客の切れ目を見計らって高田に断りを入れると、ゆりえは五年前に別れた元夫に物申すべく、フロントデスクを離れた。

「一馬さん……なにをしているんですか？　話すことはなにもないと、昨日はっきり言ったはずです」

できるだけ冷たく言い放ったつもりだったのに、一馬は目の前に立ったゆりえを見上げて柔らかく表情を崩す。

「また来ると言っただろう」

褒めて欲しいとでも言いたげな口調で胸を反らす一馬は、まるで大型犬みたいだった。ラブラドールレトリバー。どうしたって憎めない生き物。

実際、ゆりえは、心のどこかで歓喜している。

毅然としなくちゃいけないのに。

「……帰ってください」

「俺は宿泊客だよ。フロントの美人レセプショニストを眺めているだけで、悪いことはなにもしていない。俺をつまみ出す権利は君にないはずだ」

「それは――」

「君はともかく、君の同僚は別に気にしていないようだしね」

暗に、一馬が眺めていたのはゆりえだけではないとほのめかされて、カッと頬が火照《ほて》る。ゆりえは自惚《うぬぼ》れていると言いたいのだろうか？　それとも本当にゆりえが自惚れていただけなのだろうか……？

不安が顔に現れたのかもしれない。

一馬はすかさず、「すまない。言いすぎた」と早口で詫びた。

「いえ……あなたの言う通りです。高田さんを見ていたいのなら、ご自由にどうぞ」

「違う。君に話があって来たんだ」

「だったら、こんなところから眺めていないで、直接フロントに来たらいいじゃないですか。ここに泊まっているんでしょう？　どうして？」

ゆりえが質問を畳み掛けると、一馬はスッと立ち上がった。

途端に、見下ろす形から見上げる格好に変わり、ゆりえは首を反らした。どれだけ一馬の背が高いか忘れたわけではないのに、こうして再び彼の前に立つと息を呑まずにはいられない。

「君から話しかけてくれるのを待ってたんだよ」

わずかに怒りを孕《はら》んだ、ゆっくりとした口調で一馬は告げた。

——まるで、その事実がどれだけ大事かわかっていないゆりえに対して、苛立っているみたいだった。

「そんな……どうして……」

「聞いて欲しい話がある。今この場でじゃなくていい。2100号室に部屋を取ってある。明後日まで君を待っているから」

2100号室。このホテルにふたつしかない最上級スイートのひとつだ。

明後日までということはもう二泊ある。

一馬の懇願に強制はひとつもなかった。ゆりえから話しかけてくるのを何時間も待っていた

と言い、彼の客室に赴くかどうかも、ゆりえの意思に委ねられている。

でも……。

「わたし、行けません……」

「明後日まで待ってる。それで駄目なら帰るよ」

ゆりえの否定を遮るように早口でそう言うと、一馬はそっと片手を伸ばして彼女の頬に触れた。羽根の先で肌をくすぐるような、繊細でわずかな触れ合いだった。

ふたりは見つめ合う。

一馬の顔は真剣で、なんらかの熱を含んでいて……。

そのままキスをされるのかと思った。

でも彼は、ゆりえを見つめる以外にはなにもしなかった。

名残惜しげな視線とともに頬から手を離すと、踵《きびす》を返して颯爽とロビーを去っていく。

ロビーに残されたゆりえの周囲では、チェックアウトのために下りて来た宿泊客の喧騒が聞こえはじめる。慌ててフロントデスクに戻ると、高田が興味津々の目をこちらに向けてきた。

「あとで説明してもらうからね、ゆりえちゃん」

と、営業スマイルを顔に貼りつけた高田が耳打ちしてきた。

「う……。はい……」

(説明なんて、わたしが聞きたいくらいなんだけど……)

落ち着かない気持ちでいつも通りに仕事をこなしながら、無人になってしまったロビーのソファに時々ちらりと顔を向ける。誰もいないのを確認するたびにチクリと胸が痛むのは……いい傾向ではない。

ほんの少し言葉を交わしただけでこの有り様なのに、彼のスイートに行ってしまったら……取り返しのつかないことになってしまいそうで、怖かった。

（でも、『駄目なら帰る』って……）

ここで言う一馬の「帰る」とは、おそらくアメリカ帰国を指す。

ゆりえと離婚してからすぐ、一馬はアメリカに帰ってしまっていた。数ヶ月後、入れ替わりに弟の有馬が来日して、一馬のあとを引き継いでいる。

つまり明後日を逃してしまったら、次に会える機会があるかどうかわからないということだ……。

それでもその日、ゆりえは一馬のスイートには行かなかった。行けなかった。

一馬もまたゆりえの前には現れなかった。

しかし次の日の早朝、また同じことが繰り返される。

ゆりえが出勤すると、一馬はすでに定位置と化したエントランスロビーのソファで朝のエスプレッソを啜っている。視線は当然のようにゆりえに固定されているのに、ゆりえから話しかけに行かない限り、彼は一歩もソファから動かない。

まずは高田が一馬に声をかける。

一馬はそれを丁寧に、しかしはっきりと、退ける。

そのまま何時間経っても一馬は動かない……たまらなくなったゆりえが彼の前まで行き、帰ってくれと言うと、客室で君を待っているからと言い残してロビーから消える……。

「ゆりえちゃん、今日こそどういうことなのか説明してもらうからね。朝のイケメン、知ってるひとなんでしょう？」

シフト終了後の従業員控え室で、ゆりえは高田に詰め寄られた。今までずっと、仕事中だからと言い訳してのらりくらりと誤魔化していたのだ。

「ええ、その……昔の知り合いっていうか」

「あのひとの名前、乃木様っていうのよね。ゆりえちゃんも乃木でしょ。ご家族……？　って感じじゃなかったけど……」

ご家族。

確かに元家族ではある。たったの半年だけだけど、ゆりえは確かに一馬の家族だった。

「まあ、あえて言うと……そんな感じです」

煮え切らないゆりえの答えに、高田はバタンと音を立てて荷物ロッカーの扉を閉めた。

「もう、はっきり言っちゃいなってば。当ててあげる。ゆりえちゃんの……元の旦那さんでしょ？」

ゆりえはぴたりと動きを止めた。

「知ってたんですか？」

「ゆりえちゃん、そういうプライベートなこと全然喋らないけど……離婚歴があることは噂でみんな知ってるから、もちろんわたしも聞いてたし。で、同じ苗字のすごい美形が二日も続けてゆりえちゃんのことずーっと見てて……。まあ、そうだろうなって結論になるでしょ」

高田が少し傷ついたような顔をしているのに気づいて、ゆりえは動揺した。

確かに、ゆりえはプライベートについてできる限り口を閉ざしている。勤務時間外でも時々一緒に食事をしたりする仲の高田にさえ、ほとんどなにも伝えていない。

それは高田にとって……遠ざけられているような、信頼されていないような、嫌な気分にさせられる態度だったかもしれない。

「……ごめんなさい。高田さんだけに黙っていたわけじゃないんです。あんまり知られたくないことで、その……詳しいことは誰にも話してなくて」

ゆりえが素直に謝ると、今度は高田が慌てた。

「いや、別に怒ってるわけじゃないからね？　謝らないで。ただ、あのひと毎朝怖いくらいジーッとゆりえちゃんのこと見つめてるし……もちろん野次馬的な興味もあるけど、仕事仲間としてもっと信頼して欲しいなっていうか……少しくらい頼って欲しいっていうか……わかる？　もしストーカーされて困ってるとかだったら、助けてあげられるかもしれないし……」

従業員控え室はゆりえ達以外にも、清掃係やルームサービス係が使う。「お疲れ様でしたー」と言いながら顔見知りの何人かがふたりの横を通り過ぎた。

高田は声を落とした。

「これからあの旦那さんのところ……行くの？」

ゆりえは首を横に振った。

「いいえ。誘われましたけど……行かないつもりです」

「わたしに話してみない？　すっきりするかもよ」

吹っ切れたのか、高田のゆりえに対する口調はいつもよりずっと砕けていた。それをなんだか頼もしく感じてしまう。

——確かに、ひとりで抱えすぎるのはゆりえの悪い癖だ。

言われてはじめて、ずっと気を張っていたのだと気がついた。多分、離婚を決意してからずっと。

急に張りつめていたものがフニャリと溶けてしまうような感覚に襲われて、ゆりえは高田を頼りたくなった。

「……はい。聞いてくれますか……？」

ゆりえは涙目でそうささやいた。

その夕方、ゆりえと高田は最寄り駅の近くの洒落たカフェでじっくり二時間話をした。すべてを語り尽くして、最後には泣き出してしまったゆりえの肩を、高田は優しく抱いてくれた。

こんなすぐそばに救いがあったなんて、知らなかった。ゆりえは手を伸ばすだけでよかったのだ。


次の日。

東堂ロイヤルガーデンホテルの地下駐車場社員用スペースに車を停めたとき、時刻はまだ早朝の六時だった。

外の空は澄んだ冬晴れだったが、それでも気温は冷え込んだままで、ゆりえはいつもの薄いベージュのコートの襟をギュッと掴んで足早に建物の中に入った。

シフトの開始時間は七時。

ゆりえにあるのは一時間弱だけだ。

幸いゆりえは部屋を探すという手間をかける必要がない。このホテル内のマップは完全に頭にインプットされていたから、２１００号室がどこにあるのか、どうやって最短で辿り着けるのか、すべて知っている。

ゆりえの乗ったエレベーターが到着して扉が開くと、広々としたホールが広がっている。

客室のある他の階の通路はすべて床に絨毯が敷かれているが、この階だけは磨かれた大理石の床になっていた。ゆりえが歩を進めるたび、仕事用の低めのヒールがカツ、カツ、と冷たい音を響かせる。

この階にはふたつしか客室がない。

2100号室の扉の前に立つと、ゆりえは背筋を伸ばした。緊張にせり上がってくる唾をごくりと呑み下して、扉を見つめた。

一馬がまだ寝ているかもしれないという心配はなかった。

これでもゆりえは半年間彼の妻だったのだ。乃木一馬は朝型で、六時前に目を覚ましてまず素早くシャワーを浴びる。スマホによるともうすぐ六時十五分だった。

(半裸じゃ……ありませんように……!)

ゆりえは勢いに任せて扉をコンコンと数回叩いた。

昨日退勤前に宿泊状況をチェックしたところによると、もうひとつのデラックススイートは空室である。つまり、耳のいい一馬はゆりえの足音を聞いたかもしれない。だからゆりえはすぐに一馬が出てくるかもしれない覚悟をした。

案の定、数秒待っただけで、扉の向こうから足音がした。

静かにゆっくりと扉が開く。

「来てくれたんだな」

一馬は落ち着いた声でそうささやいて、ゆりえを見下ろした。

客室の扉を塞いでしまう長身は相変わらずだ。

でも……少し痩せたかもしれないとゆりえは思った。なぜなら一馬は下半身こそ濃い灰色のスラックスを履いているものの、上半身は裸だったからだ。

髪は濡れていて、東堂ロイヤルガーデンホテルのTRGというエンブレム刺繍の入ったバスタオルで頭を拭いているところだった。

「お、おはようございます……。出直したほうがよろしいでしょうか」

一馬は顔をしかめた。

「勤務時間外だろう。そんな喋り方はしないでくれ。それから、おはよう」

さらにワシャワシャと拭くと、彼の短い髪はもうほとんど乾いてしまう。綺麗なストレートなのでセッティングする必要もない。

一馬は横に退いて、ゆりえをスイート内に入るよう促した――一馬は自分から先に中に入ってしまうような真似はしない。外国育ちなせいもあるだろうが、こういう細かいところで、一馬は本当に紳士だった。

おずおずとゆりえが入室すると、一馬は後ろ手にパタンと扉を閉めた。

「どうぞ、入ってくれ。なにかルームサービスを頼もうか？」

リビングエリアに辿り着くと、ゆりえは一馬を振り返った。

「ありがとうございます。でも、大丈夫です。この時間はみんな朝食ビュッフェの準備で大変ですから」

「確かにね。お互い、素直にホテル滞在を楽しめない身だな」

一馬はその低い声で笑う。

バスタオルをソファの背もたれにかけると、本人はミニバーにおもむいて中からミネラルウォーターのボトルを出した。

「こっちなら迷惑をかけない上にホテルの収入になる。なにか飲むかい？」

「じゃあ、わたしもお水を」

「ラジャー」

すぐに小さめの外国銘柄ミネラルウォーターのペットボトルを渡される。一馬の発音する「ラジャー」は日本人のそれとはちょっと違う。低くてよく通る声も相まって、まるで映画で聞くような響きだ。

「一馬さんは……あれからずっとアメリカにいたんでしょう？　いつ帰国したんですか？」

「三日前だよ。ゆりえ、それ貸して」

「え、あ」

外が冷え込んでいたせいでまだ指先が悴んでいる。ペットボトルの蓋を開けるのに苦戦していたら、一馬が手を伸ばしてきてサッと開けてくれた。

「ありがとう、ございます……」

「どういたしまして」

一馬は彼の分をゴクゴクと一気に飲み干した。喉仏が男らしく上下するのが見える。

（こんな……まるで……なにもなかったみたいに）

胸の奥がギュッと締めつけられて、ゆりえは泣き出したくなった。

一馬はごく自然に振る舞っている。まるでふたりはまだ夫婦で、ちょっと長い出張から帰ってきただけ、とでも言いたげな雰囲気で。

――もしそうだったら、どんなにいいか。

でも現実はそんなに甘くない。

「聞いて欲しい話って……なんですか？」

ゆりえはできるだけ冷静を装った。

君を取り戻しに来たんだ、と一馬は三日前の夜に告げた。帰国したのが三日前だというのなら、空港から直接ここに来たのかもしれない。

つまり、なによりもゆりえと会うのを優先してくれたということだ。

嬉しい、と思っている自分がいる。

駄目よ、とそんな自分を理性がたしなめる。

「聞いてください。もしヨリを戻したいって言うのなら、わたしは――」

指の関節が白くなるくらいペットボトルをギュッと掴みながら、ゆりえは話しはじめた。

一馬の表情がほんの少し固くなって、空になったペットボトルをミニバーの上に乗せると、じっとゆりえを見つめた。

睨んだ、といっていいくらいの熱のある目つきだった。

「――君は？」

「できません」

「どうして？」

「理由はあなたが一番よく知っているはずです。それに……あなたはなにも反対しなかったでしょう？　わたしなんかより乃木ホテルの方が大事だったんです」

言ってしまってから、ゆりえはすぐに後悔した。一馬に対してフェアではないからだ。彼は多くの責任を背負っている。ただ個人の感情だけで何千人もの明日を左右するわけにはいかなかったのだ。

それを知っているからこそ、ゆりえは自分から離婚を申し出たのに、今さら嫌味を言うなんて。

一馬の視線はさらに鋭くなっていた。

「ごめんなさい。嫌な言い方をしました……。仕方なかったんだって、わかってます」

いたたまれなくなって、ゆりえはうつむきながらささやいた。

そう、わかっている。

わかってはいるのだ——でも、一馬には少なくとも少しくらいは戦って欲しかったという思いがずっと心の中にあって、理性では理解していても感情が追いつかない。

「いや、君はなにもわかってないよ」

ボソッとした一馬の声が頭上から聞こえて、ゆりえはそっと顔を上げた。

すると今度は、一馬が視線を外す番だった。

ふいっと顔を上げて、室内を見回す。

もちろん乃木ホテルのスイートとは比べ物にならないが、このデラックススイートもそれなりに贅を尽くしている。

広々としたリビングエリアにはバーとミニシアターのコーナーがあり、続きの部屋はこれもまた広々とした寝室になっている。デザイナー物のアームチェアが部屋の角にあり、壁には話題の新鋭画家の絵が飾られていた。

「悪くないホテルだ。ちょっと設備投資が足りないけどな。飯は悪くなかったし、レセプショニストは美人だし」

一馬は大窓から外を眺めながら言った。

一馬の言うレセプショニストとは自分のことだろうか、それとも高田か、別の夜間担当のひとだろうかと思いを巡らせてしまう。

それを口にする勇気はなかったけれど。

「で……でも、朝のビュッフェは逃しちゃったんじゃないですか？　和洋折衷でなかなか美味しいんですよ。今朝は行ってみてください」

窓の向こうに広がる都内の街並みをしばらく無言で見下ろしてから、一馬はゆっくりとゆりえに向き直った。

いつも自信に溢れた力強い彼の表情が、そのときだけは急に寂しげに陰った。

「ゆりえ」

低くて、重たい声。

「は、はい」

「たとえ世界一美味いメシを出されたとしても、俺はロビーに座って君を見ているほうを選ぶよ」

「……一馬さん……」

なんと……答えればよかったんだろう？

出会った日から一日たりともこの胸を離れない瞳に射抜かれるように見つめられて、ゆりえの頭は真っ白になった。

そこから続いた沈黙は、長かったようにも思うし、一瞬だったような気もする。

一馬は強引にゆりえに迫ることだってできたはずなのに、ずっと一定の距離を保ったままだった。でも目線だけはじっとゆりえを見据えている。

しばらくすると、一馬はまるで睨めっこに負けたようにふっと表情を緩めた。

「そんな、俺がこれから君を貪り尽くそうとしているのを恐れてるみたいな顔はしないでくれ。なにもしないよ」

踵を返すと、一馬はソファの上に広げられていたワイシャツに手を伸ばして素早く袖を通した。白いコットン生地が上半身を覆う。でも、彼の体のたくましさは隠し切れない。

一馬はソファ前のコーヒーテーブルに置かれたカフリンクスを掴むと、意味ありげなくらいゆっくりとそれを袖口に通した。

ゆりえが贈った、あのカフリンクスだ。

留め終わり、スラックスの中にワイシャツの裾を入れて格好を整えると、一馬は胸の前で腕を組んだ。

「頼みがあるんだ」

一馬はそう話しはじめた。

「心配しなくても、本当にヨリを戻したいと言っているわけじゃない。俺の爺さん……乃木相馬がアメリカで隠居生活をしているのは覚えているかい？」

一馬の表情は真剣で、ゆりえはなんとかコクコクとうなずいた。

一馬の祖父……乃木ホテルの創業者。一馬とはじめて出会った日の『山田太郎』氏だ。忘れるはずがない。

「もちろんです。お元気になさってますか？」

「いいや……。残念ながら、去年、癌《がん》の告知を受けたんだ。今はもうあと二ヶ月持てばいいほうだと言われている」

ゆりえは言葉を失った。体中から血が引いていくような気分だった。

離婚して他人に戻ったとはいえ、ゆりえはいつだって乃木家と乃木ホテルを大切に思ってきた。そもそも大切だからこそ離婚を申し出たのだ。

特に相馬は、ふたりの出会いのきっかけになった人物だ。今年八十七歳になる高齢ということもあり、いつも心のどこかで心配していた。

「そんな……。でも有馬さんはなにも……」

「口止めしておいたんだ。というか、爺さん本人が誰にも知られたくないと言ってね。家族内だけの秘密にしてある。もう完全に引退しているとはいえ、取締役会の反応も心配だったしね」

「…………」

つまり……ゆりえはもう家族ではない、と。

当然の事実なのに、ゆりえの胸はチクリと痛んだ。

一馬と入れ替わりの形で日本に来た弟の有馬とは、離婚後も時々連絡を取り合っていた。取り合っていたというより、有馬のほうが一方的にゆりえの近情を知りたがり、定期的に連絡をよこしてきた。

一時とはいえ義理の弟姉だった仲だ。気も合った。だから時々来る電話を無下にしたりはしなかったし、年に一回程度だが顔も合わせる。

一馬より気性の穏やかな有馬は、もしかしたら兄より日本市場に向いているかもしれないと、乃木ホテルの経営陣から噂されているのも知っていた。

「……俺がどうしているか、有馬には一度も聞かなかったんだってな」

からかうような口調だったが、彼の目は笑っていない。

一馬と有馬は公私共に常に連絡を取り合っている。ゆりえがなにを言ったかは、すべて一馬に筒抜けだったのだろう。ゆりえは有馬に一馬の様子を聞くことができなかった。

一度聞いてしまったら、きっと、もう……。

「聞きたくなかったんです。教えてもらったりしたら、わたし……」

「退屈であくびが出るから?」

「そんなんじゃありません。……意地悪なこと言わないでください」

「意地が悪い、か」

一馬は喉の奥から乾いた笑い声を漏らす。

「まあいい。とにかく、歳が歳だし爺さんは治療を拒否している。隠居用の自宅で看護人を雇って緩和ケアをしてもらってる状態だ。俺の仕事場と自宅からは車で二、三時間くらいで、休日は爺さんと過ごすようにしている」

ゆりえは理解し、うなずいた。

言葉が出なかった。ゆりえの覚えている相馬は、演技の杖が滑稽に見えるほど丈夫なひとだった。五年も経てば当然、すべて変わってしまうということだろうか。特に子供と老人はそうだろう。

「そうだったんですか……。わたし、なんて言っていいのか……」

頑張ってくださいとか、大変でしたねとか、ありふれた慰めの言葉をかける気にはなれなかった。

努力家の一馬が祖父のためにどれだけのことをしているのか、容易に想像がついたからだ。きっと看護人を手配したりしているのも彼だろう。

相馬と一馬が似た者同士で、一馬が祖父に父親以上に懐いていたことも、もちろん覚えている。相馬本人も一馬がお気に入りの後継者であることをあまり隠していなかった。

有馬が父親っ子で、一馬が祖父っ子。それが乃木家の構図で、それでうまくやっている印象だった。

でも一馬はもうすぐその祖父を失うのだ。

「じゃあ、わたしへの頼みっていうのは、お祖父様に関係があるんですね？」

「そう」

一馬は短く答えてうなずいた。

組んだ腕の上で呼吸に合わせて上下する胸が艶《なまめ》かしかった。さっきまで上半身裸を見ていたのに、白いワイシャツに包まれた彼の体はかえって色気を増している。

こんなときでなければ、抱きついてしまいたい気分だった。

いや、こんなときだからこそ、彼の胸にすがってしまいたくなるのかもしれない……。

どちらにしてもゆりえは我慢しなければならなかったけれど。

「告知を受けても……爺さんは最初から延命のための治療を拒否していた。最後は自宅で過ごすと言ってね。体はもちろん弱っていくが、頭のほうはずっとしっかりしていた。痛み止めで朦朧《もうろう》としているとき以外は、俺よりもずっと冴えていたんだ。ただ、先月あたりから……」

ここで一馬はうつむいて、深いため息をついた。

なにかを否定するように首を左右に振って、やがてまたゆっくりと顔を上げる。

彼の瞳はうっすらと赤くなっていた。

「急に記憶がおかしくなってきて、俺達が離婚したことを覚えていないんだ。俺が週末に顔を出すたびに、ゆりえはどこに行った、どうして妻を放ってこんなところに来るんだ、一緒に連れてくるか、さもなければさっさと帰れと言って俺を追い出そうとする」

「え、ええ?」

「驚く気持ちはわかるよ。俺も最初は信じられなかった。他のことに関しては……まあ、少なくとも雇ってる看護人の報告によれば、それほど混乱はしていない。ただ、とにかく、俺達の離婚の記憶がないんだ。俺が何度、ゆりえとはもう別れたと言っても、すぐ忘れる」

「それは……」

なんと言うべきか……。

相馬らしい、と言ってしまったら失礼だろうか。老いと病床にあっても変わらない強引さや彼なりの優しさに、ゆりえは切ない気持ちになった。

一緒にいられた時間は長くないが、相馬はゆりえを可愛がってくれた。

乃木家の男達に晩婚の例が多いことを嘆いていて、一馬が比較的若い三十歳で年貢を納めることができたのは、ゆりえのお陰だ、とまで言って。

「それで……わたしになにができますか? 離婚していることを直接わたしの口から伝える、とか……?」

無意味で残酷なことだとは思ったが、他になにができるのか思い当たらなくてそう聞いた。

案の定、一馬は再び首を左右に振った。

「医者によると、これは認知症の初期症状だろうとのことだった。そうだとしたらもう、何度言ってもすぐ忘れてしまう。どちらにしてもあと二ヶ月なんだ……わざわざ言って傷つける必要はないさ」

「そうですね。わたしもそう思います」

では……ゆりえになにができるだろう？

ゆりえはじっと一馬を見つめて、答えを求めた。一馬はわずかに顎を引いて、組んでいた腕を下ろすとスラックスのポケットに手を入れた。

「一緒にアメリカに来て欲しい」

一馬は飾った言葉や婉曲《えんきょく》な表現は使わなかった。ただ事実だけを告げ、真っ直ぐにゆりえを見つめる。

「二ヶ月だ。二ヶ月だけ。爺さんを身取るまでだけでいい……俺とアメリカに来て、爺さんの前で夫婦のフリをしてくれ。俺が望むのはそれだけだ。君に手は出さない。約束する」

一馬はネゴシエーション上手としても知られていた。そんな彼に畳み掛けられるように交渉されて、ゆりえは口を挟む隙を奪われる。

「もちろん飛行機代も滞在費もすべて俺が出す」

「で、でも……」

「頼む。爺さんが……すべてが済めば、俺はもう君を追いかけない。君は自由だ。だから二ヶ月だけ。俺のためじゃなくていい。爺さんのために」

相馬のため……。

ゆりえに断れるはずがなかった。

相馬は八十七歳で、癌の痛みに苦しんでいて、孫一馬の幸せを心配している。一馬とゆりえの出会いのきっかけになってくれたひとで、ゆりえを可愛がってくれて、認知症になってもなお気にかけてくれているのだ。

「はい」

ゆりえは震える声で答えた。

「でも……二ヶ月は難しいかもしれません。今仕事を辞めるわけにはいかないんです。支配人にはお世話になってますし……」

ここの支配人は、事情を抱えて途中入社してきたゆりえを快く受け入れ、祖父のスキャンダルや旧姓を隠す便宜をはかってくれたひとだ。

いきなり辞めるなどという不義理は働きたくないし、二ヶ月も仕事に穴を開けることはできない。

しかし、相手は乃木一馬だった。

「仕事については心配しなくていい。すでにこのホテルの支配人とは話をつけてある。君は今日から二ヶ月半の休暇許可があるんだ」

「は……？　今日から？　に、二ヶ月半……!?」

「有給だよ。俺は優秀なネゴシエーターだからな」

そして続いた一馬の説明によると、彼はすでに到着日に支配人を呼びつけ、事情を説明したという。

ゆりえの有給を取りつけるのは難しくなかった、と一馬は言った。

「あの支配人は君のことをレセプショニストとして高く買っていたよ。まあ、当然だけどね」

「彼は父の友人なんです。友達の娘を悪く言ったりはしないでしょう」

「そうかもしれない。でも君は年上キラーだから」

「なっ」

ゆりえはカッとなったが、すぐに口をつぐんだ。

そもそも一馬自身がかなり年上だし、相馬のこともある。元々祖父っ子だったし、強くは反論できなかったのだ。

「でも、支配人はなにも言ってくれませんでしたけど……」

「口止めしておいたんだ」

有馬のケースと同じことを言う。短い沈黙があって、やがてボソリと言い加えた。

「……君には俺から説明したかった。そして、君自身に決心して欲しかったからだ」

それは——信頼されていると思っていいのだろうか。

それとも逆だろうか。

わからない。

一馬のことがわからなかった。

でも、最期を迎えようとしている相馬のためにできることがあるなら、全うしたい。そのために支配人が配慮してくれたというなら、感謝しかなかった。

もちろん……相手は世界の乃木ホテルの御曹司だ。ネゴシエーターもなにもない。一ビジネスホテルの支配人が逆らえる相手ではないのだ。

「わかりました。ただ、支配人に挨拶させてください」

「どうぞ。俺に許可を求めることじゃないよ。それからフライトチケットは今夜の分を予約してある。これから君のマンションに帰って荷物をまとめよう。まぁ、必要なものは向こうで買い揃えるから、最低限でいいよ」

一馬はさっさと采配を振りだす。

懐かしいような。ちょっとモヤッとするような……。でも一馬の強引さはなぜか憎めないのだ。最初からそうだった。

有給はすでに今日からはじまっているというので、ゆりえ達はとりあえずマンションに帰って荷物とパスポートをまとめた。洗面台の化粧用品をポーチに詰めているとき、鏡に映った首元のネックレスに気がつく。

(結婚指輪……本当は返さなくちゃいけないんだろうな)

一馬が見ていないのを確認して、ゆりえはそっとネックレスを外して引き出しの奥にしまった。ずっと身につけていたことを気づかれるのが怖かった。彼はもうヨリを戻す気はないと宣言している。

一馬のチェックアウトは十一時だ。

支配人が出勤してくる時間にはすでにホテルに戻っていたゆりえは、一馬をスイートに残し、支配人オフィスの扉を叩く。

「失礼します。乃木です」

「ああ、どうぞ」

返事があったので部屋の中に入ると、白髪交じりのシルバーグレイが渋い五十代後半の支配人が、穏やかにゆりえを迎えた。

「そろそろ来ると思ったよ。やっと乃木君と話したようだね。いつになるのかハラハラしていたんだが、口止めされていて君には教えてあげられなかったんだ」

「ご迷惑をおかけして申し訳ありません。ご配慮、本当に感謝いたします」

ゆりえは頭を下げた。

支配人は小さいため息とともに微笑んだ。

「君は本当に真面目によく働いてくれている。二ヶ月半の有給は確かに特例だが、君のような人材を逃したくないし、世界の乃木ホテルに恩を売れるのはホテルマンとしていい機会だ。気にしないで、頑張ってくるんだよ」

「ありがとうございます。でも、さすがに有給じゃなくてもよかったんですよ?」

支配人は笑った。

「それは乃木君に言ってくれ。彼は真剣だったよ。君を大事に扱わなければ東堂ロイヤルガーデンに未来はないと脅してきてね」

「え……ええ?」

「まあ、もうちょっとオブラートに包んだ言い方だったけどね、言いたいことは概ねそんな感じだったよ」

「すみません、なんか……しゅ……乃木が、ご迷惑をおかけして……」

思わず「主人が」と言いかけて、ゆりえは慌てて口を閉じた。

支配人は相手の感情の機微をうかがう達人だ——そういう役職なのだ。ゆりえの深層心理からくる間違いに気づかないはずがなかった。

そう……ゆりえは心のどこかで、まだ自分が一馬の伴侶であると思っている。

救いようのない愚かさだ……。

それがゆりえだった。でも、どうすることもできない。

すべてを見通すような支配人の瞳に見つめられて、ゆりえは下唇をキュッと噛んだ。隠しても得るものはない。

「楽しいことばかりではないだろうが、君にとっては心を休めるいい機会かもしれない。ゆっくりしてきなさい。そして答えを出しなさい。乃木相馬氏は偉大なホテル創業者で、素晴らしい経営者だった……わたしのことなど知りもしないだろうが、よろしく伝えておいてくれ。いいね？」

「はい……」

オフィスを後にしたゆりえは、一馬のスイートには戻らずにフロントの高田に挨拶しに行った。

仕事中なのであらまししか伝えられなかったが、高田は大興奮で、どうなるかしっかり教えてくれとねだられる。ゆりえは笑い、メッセージアプリで逐一最新状況を伝える約束をした。

心情を分かち合える相手がいるということが、こんなにも心強い。

チェックアウトを済ませた一馬とロビーで落ち合い、ふたりは東堂ロイヤルガーデンホテルをあとにした。

第三章　戸惑い

一馬の予約していたふたり分のフライトはビジネスクラスだった。

そんな事実に、ゆりえは思わず頬を緩めてしまう。

一馬は気兼ねなくファーストクラスを使える身だ。でもゆりえはそこまでの贅沢には慣れていなくて、仰々しいサービスを受けるのがこそばゆい。

かといってエコノミークラスは窮屈だった。特に長身の一馬には居心地が悪いものだろう。

そんなふたりが新婚時代に出した答えがビジネスクラスだった。

ふたりが一緒に飛行機に乗ったのは二度――新婚旅行と一馬の海外出張――だけだったが、どちらもビジネスクラスを使った。一馬はそんなふたりの取り決めを覚えていて、五年の時を経てもなお、守ってくれたのだ。

（二ヶ月……）

ゆりえは耐えられるだろうか？　ゆりえの心は無事でいられるだろうか……。

幸か不幸か、世界を飛び回る身の一馬は、フライト中は寝る、という習性を持っている。だからニューヨークまでの空の旅路では、ゆりえの隣でほとんど寝通しだった。

大きな機体が斜めに傾いて回旋をはじめ、着陸の準備を進める頃、ゆりえの緊張はどんどん膨らんでいった。

＊　＊　＊

現在、一馬の住む高層マンションはマンハッタンのアッパー・ウェスト・サイドにあった。普段はここからミッドタウンにある乃木ホテル・ニューヨーク内のアメリカ総本部に通勤している、とのことだった。

「いつかもう少し静かなところに引っ越そうとは思ってるけどね。ブルックリンかブロンクスか……。ただ、マンハッタンのこの辺は便利だから、なんとなくいつまでも」

と、一馬は説明してくれたが、ゆりえにはそれぞれの地区の違いはよくわからない。東京の二十三区とその周辺、くらいのニュアンスだろうか。

ふたりで一緒に東京に住んでいた頃も、一馬は時期が来れば郊外に居を構え直したいと言っていた。時期とは、子供ができたら……という意味だ。

今となっては虚しいばかりの話だけれど。

「お祖父様はそのブルックリンかブロンクスに住んでいるんですか？」

マンションの中を見回しながら、ゆりえは尋ねた。

一馬はゆりえのスーツケースを運び込んでいる。ゆりえが自分で運ぶと言ったのだが、そうはさせてくれなかったのだ。こういうときの一馬と言い争っても時間の無駄だと知っているゆりえは、必要以上に抵抗しなかった。

「いや……もっと遠いよ。ハンプトンズに家がある。そこに住んでいるんだ」

「ハンプトンズ……」

地理がよくわからなくて首を傾げていると、一馬はスーツケースをリビングルームのソファの隣に置いてゆりえに向き直った。

「ここからは車か電車で三時間近くかかる場所だ。静かでいいところだよ。ニューヨーカー御用達の避暑地みたいなところだ」

「三時間……は、結構ありますね」

「そう。だから今は週末にしか行けないし、行けば大抵は向こうに一泊してくることになる」

一泊……ということは、泊まるのだ。

夫婦のフリをしたまま夜を明かす……。

ここニューヨーク市内にいる間は、夫婦の真似事をする必要はない。でもそのハンプトンズ──相馬の目が届く場所では、ふたりは夫婦でなければならない。

でも……泊まりがけとはいえ週末だけなら……なんとか演技できるだろうか……。

「そのことなんだが、話がある」

「え？」

「今の生活を逆転させようかと思っている。親父とはもう話をつけてあるんだ」

「え、え……？」

ゆりえは目を見開いた。

ゆりえがなにか否定的なことを言い出すのを遮るかのように、一馬は素早く続ける。

「親父や叔父とも相談して、そろそろ株主総会に現状を説明することにした。つまりもう家族内の秘密ではなくなるんだ。爺さんが身罷《みまか》るまで……残念だがそんなに長い時間じゃない。俺が休暇を取って、しばらくハンプトンズに住むことにしよう、と」

「で、でも……お父様は……」

「親父だって当然時々は来るさ。今もそうだ。ただ、爺さんとは俺のほうが近い関係で……いつもそうだった。知ってるだろう」

——知っている。

知っているからこそ、ゆりえはここにいるのだ。ここ、アメリカに。

「もちろん休暇といっても完全に休めるわけじゃない。向こうでできる業務は全部向こうでするし、多分、週に一回くらいはここに戻る必要もあるだろう……だから逆転と言ったんだ」

ゆりえは口をぱくぱくさせた。

「えっと……じゃあ、その間、わたしはどこに……」

「俺と一緒にハンプトンズに来て欲しい」

やはり一馬は、表現を婉曲にしたり言い訳したりはしなかった。

一馬はソファの背もたれの裏側に腰を置いて体重を預け、胸の前で腕を組む。なにか大切なことを伝えるときに腕を組むのは一馬の癖で、ゆりえは覚悟を決めて息を呑んだ。

「爺さんの手前、寝室は一緒になるが君には手を出さない。約束する。俺はもう二十代のガキじゃないし、そのくらいの自制心はあるつもりだ」

「…………」

「爺さんの目の届く場所では、夫婦だった頃と同じように振る舞って欲しい。つまり……頬にキスくらいはするかもしれない。でも口にはしないよ。それでいいかい？」

「う……、はい……」

頬にキス……。

子供時代の大半をアメリカで過ごし、一時期はヨーロッパにもいたという一馬は、頬へのキスという日本人からしたら親密すぎる行為をまるで挨拶のようにする。

おはようのキス。お疲れさまのキス。ごめんねのキス。そして……なんでもない、ただ隣にいるからというだけの理由で降ってくるキス。

それが再びゆりえのものになる。たとえ二ヶ月だけでも。

ゆりえの頬が赤らんだのを、一馬はどう解釈しただろう……。まるで作り笑いのような硬い微笑を浮かべると、乃木ホテル御曹司はリビングルームをあとにした。

広々としたマンションで、最上階ではないものの夜景は素晴らしい。混沌とした東京の夜景とはまた違った、不思議なエネルギーを感じる摩天楼だ。

「ラテだったよな。それともなにか別のお茶にする？」

キッチンに向かった一馬が、ゆりえに背中を向けたままそう聞いてくる。

時刻はすでに夜の九時を回っていた。フライト時間と時差が同じくらいなので、出発したのと同じ日の同じ時間に到着するような形になる。旅慣れした一馬はずっと寝ていたが、ゆりえは結局ほとんど眠れずに映画を眺めたりして機内で過ごした。

「いえ……もう休みたいので、お水だけで。あと、シャワーを使わせてもらえたら……」

「ああ、そうだな。シャワーはその通路の突き当たり、ちゃんとバスタブもあるよ。バスタオルはキャビネットの中。好きに使ってくれ」

「はい」

大きなグラスに入った水を渡されて、それをゴクゴクと飲み干す。

外は東京以上の冷え込みだったが、一度マンションの建物の中に入るとどこもポカポカだった。セントラルヒーティングだろう。セーターを着込んでいると暑すぎるくらいだった。

実際、一馬はすでにワイシャツ一枚の姿だ。

「一馬さん、それから……」

いつか聞かなければならない質問なら、お風呂上がりの無防備な格好のときよりも今がいい。そう思ってゆりえは究極の質問を口にした。

「今夜は……わたし、どこで寝ればいいんですか……？」

黒を基調とした大きなシステムキッチンで、高価そうなエスプレッソマシンを操りながら、一馬が肩越しにゆりえを振り返る。

「君の好きなところで」

さらっと答える元夫に、ゆりえの顔はカッと熱くなる。

「じゃあ、床で寝ます」

「待て待て。冗談だよ。君は俺のベッドを使う。俺はここのソファで眠る。話は終わり。反論は受けつけない」

「ゲストルームはないんですか？　前に来たときのマンションにはひと部屋あったでしょう？」

「あれは会社の持ち物だったから、無駄に広かったんだよ。ここは俺のポケットマネーで買った個人用の場所だ。わざわざ必要のない部屋にまで金を出す趣味はないよ。マンハッタンのこの辺りの地価を知ってるかい？」

「でも……。じゃあ、わたしがソファを」

「ゆりえ」

　言葉で押し問答になるとゆりえは一馬に敵わない……。抗議を込めた瞳でじっと彼を見つめ、答えを待つ。しかし一馬は頑固だった。

「君は寝室のベッドを使う……これは譲れない。人間として。男として」

「でも一馬さんの身長じゃソファからはみ出しちゃうでしょう？　わたしなら余裕です」

「ゆ、り、え」

　湯気の立つコーヒーカップを手に、一馬は向き直った。日本人としては規格外なくらい長い足を颯爽と進め、一瞬でゆりえの前に立ちはだかる。

「質問の仕方を変えようか。君は『ソファで眠りたい』のか、それとも『俺をソファで眠らせたくない』のか、どっちなんだ？」

　ゆりえは目をしばたたいた。

　リビングルームに置かれたソファは洒落た北欧風のデザインをしていたが、座るならともかく寝るのに最適とは言い難い。固そうだ。

「……もちろん一馬さんにソファで寝て欲しくないだけです。サイズの問題もあるし、そもそも一馬さんのマンションですから……」

「じゃあひとつ解決方法がある。寝室のベッドはキングサイズだ。君は右側、俺は左側」

「一馬さん」

「……でも」

「見ての通り」

と言って、一馬はコーヒーカップを持ち上げてみせた。

「俺は機内で休んだから、しばらくは寝ないよ。メールも溜まってるし、そこのパソコンで仕事してるから。もし君とベッドを共に……つまり、同じベッドの端と端で眠ることになっても、それは明け方の数時間だけだ。君は気づきもしないと思うよ」

でた。一馬にこうやって畳み掛けられると、ゆりえでなくても断るのは難しい。

論理と感情をうまく組み合わせて相手を説き伏せるのに長けているのだ。アメリカの学校ではそういった議論の仕方を教えられる、と一馬は言っていたが、多分に生来のものだろうとゆりえは思っている。

一馬は背伸びをしてみせた。

「頼むよ、ゆりえ。お互い長いフライトで疲れただろう。これが一番建設的な解決方法だ。絶対になにもしない。触れもしない。いいだろう?」

「……はい……」

まただ。また流されてしまう。

そもそもそうやって流されて、ゆりえはアメリカくんだりまで来てしまった。始末の悪いことに、ゆりえは一馬と同じベッドを共有することを嫌だとは思っていない。

ただ……怖いのだ。

こうしてまた彼を近くに感じて、彼が忘れられなかったということを再確認して……そして二ヶ月後には別れを迎える。

ゆりえは臆病で、そして卑怯でもあった。

なぜならゆりえは、もし本気で強く反発すれば、一馬はゆりえの意思を尊重してくれることを知っている。それなのに流されるフリをして、固く断れないでいる。

心の奥底で、ゆりえは一馬の温もりに飢えていたから。

その晩、ゆりえがシャワーを浴びて、持ってきたパジャマに着替えて寝支度を整える間……一馬は本当にずっとパソコンに向かっていて、ゆりえにはまったく関心を払わなかった。

リビングルームの一角に小さな書斎コーナーのようなものがあって、ガラストップの近代的なデスクとパソコン、その横に各国語の難しいビジネス書とファイリングが並んだ本棚がある。

まだ湿った髪をバスタオルで拭きながら、ゆりえはパソコンに向かう一馬の背中に声をかけた。

「お風呂いただきました。ありがとうございます」

一馬は画面から顔を上げて、デスクチェアに座ったまま腰だけ回してゆりえを振り返った。

一馬が動きを止めるのと同時に、ゆりえも固まった。

「眼鏡……？　一馬さんいつのまに眼鏡になったんですか？」

「そんなに驚くことか？」

『スーパーマン』のクラーク・ケントがするような大振りの黒縁眼鏡だった。面長ではっきりした顔立ちの彼によく似合っている。

一馬はさっと眼鏡を外して（その仕草も色っぽかった）、デスクチェアの背もたれに腕を置く。

「二年くらい前かな。パソコンに向かってるといつのまにか前のめりになってるのに気がついてね、眼科に行ったら視力が低下してると言われて」

一馬の長い指が眼鏡のフレームをいじって、開いたり閉じたりする。

一馬はスポーツマンでもあったから、なんとなくずっと視力のいいイメージだった。五年の年月はこんなことまで変えてしまうのだ……。

「そこまで悪くはないよ。普段はコンタクトもしていない。ただ、デスク仕事と……あとは運転の最中だけ、念のためにね」

「へ、へえ……」

一馬は眼鏡を外したまま、ゆりえの全身を見つめた。

ゆりえはパジャマ姿だ。

ふわふわしたクリーム色の生地で、長袖長ズボン。ノーメイクでもあるし、あまり色っぽい格好ではないはずだ。

ない……はずなのに。

ゆりえに向けられた一馬の視線があまりにも熱い熱を孕んでいて、動けなくなる。一馬はひと言も発さなかった。でも、彼がごくりと唾を呑んで大きく喉仏を上下させるのが見えた。

「あの……なにかお手伝いできることはありますか？　ファイリングとか……お皿洗いとか？」

慌てすぎて馬鹿みたいなことを口走ってしまい、ゆりえは赤面する。

(これじゃ、まるで自分から妻を演じようとしているみたいじゃないの……！　相馬さんがいるわけでもないのに！)

「いや……必要ないよ、ありがとう。疲れてるだろう」

「そ、そうですね……！　先に休ませてもらいます」

「もしテレビを見たいなら寝室にもあるよ。大抵の配信チャンネルには入ってるから、好きなように。本棚の本も好きに読んでいいから」

「はい……」

ゆりえは逃げるように寝室に駆け込んで扉を閉める。……もちろん、あとで一馬も入ってくるのだから、鍵はかけられないけれど。

扉を背に、ずるずると座り込んでしまう。

（馬鹿！　馬鹿……！）

これは相馬のためのお芝居に過ぎないのに。

一馬はもうゆりえのことを性欲の対象としてさえ見ていないかもしれないのに。

でも、ゆりえの鼓動は馬鹿みたいに高鳴る。胸が痛いくらいに呼吸が逸る。涙が溢れそうなほど彼が恋しい……こんなに近くにいるのに。

両手に顔をうずめて嫌々をするように首を振る。

――あの離婚は一馬と乃木家のために、ゆりえ自身が決めたことだった。でも一馬がひと言も反論せずすんなりそれを受け入れてしまったこと……それが徹底的に心を打ち砕かれた原因だった。

愛されていたと思っていたのは幻想だったと……思い知らされた。

甘い愛のささやきは外国育ちの彼にとっては普通のことで、激しく体を求められたのは単なる性欲で、結婚の誓いはただの紙切れに過ぎなかったのだと。

（違う……。卑屈になるのは……やめなくちゃ）

辛くなるとつい悪いほうに考えてしまう。

多分、愛されていなかったわけじゃない……でも、ゆりえとの愛よりも、数千人規模の従業員の命運を選ばざるを得なかっただけで。

そして一馬は、建前でゆりえを優先するフリをするような周りくどい男ではなかった。

今だって、すでに過去の話題になってきているとはいえ、横領疑惑は忘れ去られたわけではない。決定的な証拠が見つからず裁判では無罪になったものの、時はすでに遅かった。祖父は心労で体を壊し、信頼を失った日野運輸は規模を大幅に縮小せざるを得ず、今でもインターネットで祖父の名を検索すればトップに出てくるのは疑惑の話ばかり。

一馬は乃木ホテルの御曹司として正しい判断をしたのだ。

そして今は、孫として正しいことをしようとしている。ゆりえはそのための駒に過ぎない。

（しっかりしなくちゃ……。相馬さんにはお世話になったんだから、疑われるような真似をしないように……）

いつのまにか頬を濡らしていた涙を指で拭い、ゆりえはよろよろと立ち上がった。鼻を啜りながら寝室を見回す。

広い……けれど殺風景で、黒い木製のヘッドボードがあるキングサイズのベッドと、本棚、それからランニングマシンが置いてあるだけだった。テレビは壁掛けされていて、ベッドから寝そべって見られるようになっている。

ゆりえはとりあえず本棚の前に向かった。

寝る前にひとりでなにか見るなら、テレビより活字のほうがいい。

ふたりが夫婦の頃は、寝る前に一緒に映画を眺めることが多かった——だって一緒に見ることができるから。でもひとりきりなら、ゆりえは断然読書派だ。

一馬の蔵書は大半が英語だったが、いくつか日本語の小説が並んでいる列を見つけ、物色する。多くはハードカバーだが、単行本や文庫本もあった。

その中に一冊、ゆりえの目を引く背表紙があった。

「これ……は」

思わず声が漏れてしまう。

ゆりえが好きだった小説だ……。

パステルピンクの桜が溢れる表紙に金色の文字、内容も恋愛色の強い作品とあって、これを度々再読するゆりえを、一馬は「よくそんな甘ったるい本を読めるな」とからかったことがある。

(引越しのときのゴタゴタで、失くしちゃったのかと思ってたけど……)

こんなところにあったのだ……。

ゆりえは人差し指でそっとその本を引き抜き、懐かしい表紙を眺めた。同じ列に差してある本は一馬好みのハードボイルドや社会派小説ばかりで、ゆりえの本は明らかに異質だった。

(でも……)

綺麗に保存してくれている。

気に入った場面のページの端をゆりえが小さく折ったところまで、そのままだった。

パラパラとページをめくると懐かしい文章が目に飛び込んでくる。しかしゆりえの指が止まったのは、文章の内容ではなくて、最後のページに挟まれている写真だった。

（わたし達の、結婚式……の……写真？）

ウエディングドレス姿のゆりえを、一馬が背後から抱きしめて頭のてっぺんにキスを落としている。会場専属のカメラマンが撮ってくれた一枚で、写りがよかったので現像してもらったものだ。

それが、この本の最後のページに挟まれていた。

『読む前から結末のわかっている恋愛小説がどうしてそんなに面白いんだ？』

ふたりで暮らしていた東京のマンションで。

ソファに寝転がりながらこの本を読んでいたゆりえの頰に、一馬がかがみ込んでキスをする。

ゆりえは本から顔を上げた。

『む……。わかってるのは主人公のふたりがいつか結ばれるってことだけで、どうやって結ばれるのか、いつ結ばれるのかはわからないんですよ。その途中経過が面白いんです。勧善懲悪の時代劇とかもそうでしょう？』

ゆりえは説明したが、一馬は「ふぅん」という興味なさげな声を漏らしただけで、キスの続きを求めて大きな手でゆりえの腰を撫でた。

『それで？　その本の最後は、フェロモン過多の男がついに意中の女と結ばれて、めでたしめでたし……？』

俺達みたいに？　……と一馬はかすれた声でささやいた。

『最後に、です』

と、すでにこの本を何度も読んでいるゆりえは、キスの合間に答えた。

『このお話のふたりは途中で夢を選んで別れてしまって……本当に最後の最後のページになるまで、数年後に再会して、生涯一緒に幸せに暮らしたことがわからないようになってるんです……』

『あ……んっ』

そのとき、一馬がどこまで真面目にゆりえの説明を聞いていたのかは、わからなかった。でも本がゆりえの手から滑り落ち、ソファで体を重ねたのだけは覚えている。

その最後のページ……に、一馬はふたりの写真を挟んだ。

そして寝室に置いた。

これはどういう意味だろう？　どう……受け取ればいいのだろう？　それとも意味などまったくないのだろうか……。

ゆりえはしばらく本棚の前で立ちつくして、懐かしい本と写真をじっと見つめた。

今、リビングに戻って一馬に問うこともできる。どうしてこの本をアメリカまで持ってきたのか。どうして最後のページにふたりの写真を残したのか。

でも結局、ゆりえはそっと本を棚に戻した。

――もしかしたら。

もしかしたら、一馬もゆりえを恋しいと思っていてくれたのだろうか。心のどこかに、再び結ばれたいと思う気持ちがあるのだろうか……。

＊　＊　＊

翌朝、ゆりえが目を覚ますとベッドは空っぽだった。

できれば一馬がベッドに来るまで起きていようと思ったのに、いつのまにか眠りに落ちてしまったらしい。言われた通りゆりえは右側の端にできるだけ寄って、顔が隠れるくらいまで毛布を引き揚げて被り、期待と不安で固くなっていた。

が……目を覚ましてみると、ベッドの左の端はからっぽで、ひとが使った形跡さえない。

朝には強いゆりえだが、今朝はさすがに時差ぼけからくる体のダルさを感じた。なんとか頭を振って、立ち上がる。

小さな窓からかすかな光が入っているが、日の出の時間が遅いのか外はまだあまり明るくない。

寝室の扉は閉まったままだった。

「……一馬さん？」

小さくささやいてみるが、返事はない。

ゆりえは忍び足でリビングに繋がる扉に向かい、ゆっくりと開いた。

「あ……」

すぐ目に入ってきたのは、ソファで眠っている一馬だった。

長い足は肘掛けに乗せられて宙に浮き、広い肩幅は窮屈そうにはみ出している。確かにセントラルヒーティングで室内は温かかったが、薄い毛布一枚しか被っていない。

（どうして……？　一緒のベッドで寝るって言い出したのは一馬さんなのに）

足音を立てないように彼に近づきながら、ゆりえはすぐに真実に気がついた。

あれはゆりえをベッドで寝かせるための方便……つまり嘘に過ぎなかったのだ。最初から彼はこうするつもりだった。ゆりえが躊躇しているのに、無理を言って同じベッドに潜り込んでくるような男ではないのだ……乃木一馬は。

ゆりえはソファの手前で足を止め、床にひざまずいた。

至近距離で一馬の寝顔を見つめる。

ちょっと卑怯なくらい、綺麗な寝顔だった。端正な輪郭に肉感的な唇。男らしい顔つきなのに目を閉じていると少し幼く見える不思議……。

できるならこのままずっと眺めていたかった。

夫婦だった頃は何度もそうしていた。どちらか先に目覚めたほうが、眠っている相手をじっと見つめている……よくある乃木家の朝だったのだ。

今はもう遠い日の陽炎《かげろう》のような淡い思い出だけれど。

（触っちゃ、だめよ。そんな資格はもうないんだから）

柔らかい黒髪に指を通したくなる衝動を抑え、ゆりえはそう自分を叱咤《しった》する。

いけない。気分転換になにか飲もう……喉も渇いたし、スッキリ目を覚まして、荷造りの手伝いをしないと……。

そう思って立ち上がろうとした瞬間だった。

ぐっすり眠っていると思っていた一馬の手が音もなく伸びてきて、ゆりえの頬に触れる。

「おはよう」

寝起きのかすれた声が、ゆりえの鼓膜をくすぐる。

驚いた勢いで後ろに飛び退き、背後にあったコーヒーテーブルにぶつかりそうになったゆりえを、一馬の腕がすくって支えた。

「いきなり朝から怪我しないでくれ。危なっかしい」

「お、お、お……起きてたんですか？」

「しっかり寝てたよ。誰かさんが忍者みたいに静かに忍び寄ってくるまでは」

「むっ。忍者みたいなのは一馬さんのほうです。目が覚めたのに寝たフリなんて……」

ゆりえの抗議にはあまり真剣に耳を傾けず、一馬はソファの上であくびと伸びをした。毛布がずれて、大きな体のたくましい筋肉が伸縮するさまを目の前で鑑賞することができた。

素敵……。

……じゃ、なくて！

「それに、一緒にベッドで寝るって言ったのに、結局ここで寝ちゃったのもずるいですよ」

ゆりえは抗議した。

が、寝そべったままの一馬の端正な顔に、勝ち誇ったような笑みが広がる。

「一緒のベッドで寝たかったんだ？」

「違います。そんなドヤ顔しないでください。わかってるんですから……わたしをベッドで寝かせるために嘘をついたんでしょう？」

「んー」

と、くぐもった声を漏らしながら、一馬はソファの上で上半身を起こした。ゆりえはまだ床に膝をついたままで、急に見下ろされる体勢になる。

「そんなに買い被らないでくれ。昨夜は本当に一緒のベッドで眠るつもりだったよ。ただ君があんまり端っこに寄って、みの虫みたいに必死で毛布にくるまっていたから……そうするべきじゃないと思った」

「あ……」

「なあ、ゆりえ。本当に嫌だったらそう言っていいんだよ。俺は確かに強引だし、その自覚はある。でも無理強いだけはしない。君の意思を尊重したいんだ。いいね？」

一馬はゆっくり立ち上がった。

寝起きの癖毛が耳の横に立っていて、声が少し嗄《か》れていて、動きが鈍い。

これから彼がなにをするのか、ゆりえは手に取るようにわかった。まず歯を磨いてシャワーを浴びる。髪を乾かしながらエスプレッソを飲んで、スマホでメールとニュースを確かめると朝食の準備をはじめる。朝は和食よりもパンやオートミールが好きで……。

（全部……。全部、知っているのに、わたしはもう他人なんだ……）

途端に、ゆりえは一刻も早くハンプトンズに行きたくなった。

そこでなら……ふたりは夫婦のフリをしなくちゃいけなくなる。きっと一馬は夫婦だった頃のように振る舞う。

そうしたら、ゆりえは夢を見ることができる。二ヶ月だけの夢。ふたりはまだ夫婦で、ゆりえは一馬に愛されている……そんな、まほろばの夢を見ることができる。

「なに飲む？　このマシン、なんでも作れるよ。俺は基本のエスプレッソしか飲まないから宝の持ち腐れだったんだ。なにか注文して」

キッチンに入ると、大きなエスプレッソマシンの前で一馬がそう聞いてくる。立派なスチームや抽出口がついた、カフェでしか見られないような機械だ。

「じゃあ……カプチーノ作れますか？　あのフワフワのミルクをいっぱい乗せたやつで」

「わかったよ。了解」

肩越しにこちらを振り向き、一馬は柔らかい微笑を浮かべた。

ゆりえの胸がいっぱいになるような笑顔だった。

空気をいっぱい含んだフォームミルクがゆりえの大好物なのを、一馬は知っている。エスプレッソしか飲まないなら、もっとシンプルな小さいマシンでもよかったはずだ。彼自身が昨夜言った通り、一馬は不要と判断したものにまで金を出すタイプではない。

（もしかして……わたしのため、に？）

（――なわけないでしょう！　他のお客さんのためとか、もしかしたら新しい恋人のためかもしれないのに）

エスプレッソマシンが独特の音を上げながら朝の一杯を仕上げている。しばらくすると注文通りたっぷりのフォームミルクが注がれたカプチーノがゆりえの前に差し出された。

「じゃ、俺はこれからシャワー浴びるけど、好きにくつろいでてくれ」

「……はい。何時くらいに出発しますか？」

「早ければ早いほどいいかな。急いでるわけじゃないが、遅れると渋滞が酷くなるから。荷はほとんど解いてないだろう？　必要な物は向こうで買えるから、心配しなくていいよ」

元夫に手渡されたカプチーノの湯気と香りを鼻腔《びこう》に吸い込みながら、ゆりえはひとときの幻想に浸った。

もうすでに夫婦に戻ったみたい……。

なんの違和感も抱かせないのは、一馬があけすけで外交的な性格で、相手が元妻だからといってぎこちなくなったりはしないからだ。それなのに、ゆりえの心はざわめく。

夢を見てしまいたくなる。

＊＊＊

もうすぐ二月に入る季節のニューヨーク市は冷え冷えとしていたが、人々の活気はあって道路は車で溢れていた。

しかし、マンハッタン市街を抜けて、ロングアイランド島と呼ばれる東西に伸びる島に入ると交通量はぐっと減った。

一馬の運転する紺色の日本産ＳＵＶ車は滑らかな走りで、ひたすらまっすぐに伸びるアメリカの車道を抜けていく。

映画に出てくるようないかにもアメリカらしい建物や看板が増えて、ゆりえは窓に流れる風景をじっと眺めた。……少なくとも、眺めるフリを続けた。

運転席の一馬は昨夜言った通り眼鏡をしていた。

その横顔が……ハンドルを握る男らしい手が……時々バックミラーを確認する仕草が……あまりにも格好良くて、愛しくて、懐かしくて、ぽかんと口を開けながら彼を見つめてしまうのを避けるために。

「……ゆりえって、あんまり写真とか撮らないよな」

サウサンプトンまで何マイル、モントークまで何マイルという道路標識を眺めながら、マイルって何キロだっけ……と記憶を巡らせていたとき、一馬が唐突につぶやいた。

「写真？」

「そう。ほら、日本人ってなにかあるとすぐ写真撮りたがるじゃないか。はじめて通る外国の道路の風景とか、滅茶苦茶撮ってSNSとかメッセージアプリとかで送りまくりそうだけど、そういうのしないよなって」

「それは一馬さんも同じでしょう？」

ゆりえは笑った。

実は隣のあなたが気になりすぎて写真どころではありませんでした、とは言えない。それに、あまり写真を撮るほうじゃないのも事実だ。

「昔はみんなみたいに沢山撮りましたけど、結局撮るだけであとになってあまり見ないことに気がついたんです。だったら画面越しより目に焼きつけたほうがいいなって思って」

一馬の瞳が眼鏡越しにちらりとゆりえをうかがう。

そんな、なんでもない動作にさえ、ゆりえは過呼吸に陥ってしまいそうになる。

慌てて手元のバッグに手を突っ込んだ。

「そういえば、高田さんやお母さんに写真送るって約束したの思い出しました」

スマホを取り出して、メッセージを確認するフリをはじめた。

……なんだか『フリ』をしてばかりだ。一馬と再会してから。

「高田って誰？」

一馬の硬質な声が、スマホの画面上を滑るゆりえの指を止める。

「え？」

「高田って、誰？　なんでわざわざ真っ先に連絡する必要があるんだ？　付き合ってる男とか……？」

驚いて、ゆりえは目をぱちくりさせた。いったいどうしてそんな方向に……？

「高田さんは、わたしと一緒にいた東堂ロイヤルガーデンのレセプショニストですよ。一馬さんも何度か彼女と会話したでしょう？」

運転中だというのに、一馬はゆりえに顔を向けた。大きめの黒縁眼鏡なので彼の表情は読み取りづらい。

でも、彼は明らかに安堵していた。緊張していた頬の筋肉がフニャッと緩むのを見た……と思う。

「ああ、高田っていう名前なんだ」

「そうですよ」

「よかった」

——よかった？　それはまた、どうして？

ゆりえに付き合っている男がいる可能性を、一馬は考えているのだろうか……？　でも彼の性格からして、気になるなら質問するのを躊躇《ためら》ったりはしない。

一馬はすでに視線を道路に戻していた。

十字路の赤信号で車が止まると、ちょうど写真映えするような小洒落たレストランが車道沿いに並んでいる。ゆりえは写真を撮るためにスマホのカメラを起動して宙に構えた。

「ちょっと貸して」

一馬の長い腕がサッと伸びてきてゆりえのスマホを掴んだ。

「え、ええ？」

「笑って。ほら、早く」

いきなり一馬の上半身がゆりえにしなだれかかってきて、肩と肩が触れる。スマホを振りかざされて思わずそちらを向くと、カシャ、という撮影音が鳴った。

……と同時に信号が青に変わる。

スマホはゆりえの太ももの上にポイッと戻された。

「誰かに写真を送るなら、それを送りなよ。その高田さんでも、お義母さんでも、他の誰にでも」

一馬はすでにアクセルを踏み込みながら、目前の車道を見つめている。ゆりえは呆気にとられて、撮れた（撮られた）ばかりの写真を確認した。

大きく微笑む眼鏡の一馬と、ぎこちない笑みの薄化粧のゆりえが肩と肩を合わせて狭い車内で自撮りをしている画像が、そこにはあった。

「こんなの送れませんよっ。これじゃ誤解されちゃいます――」

復縁したと。

ふたりはまだ愛し合っていて、これからも一緒に生きるつもりですと――そう宣言しているような一馬の笑顔なのだ。少なくともゆりえにはそう見えてしまう。

自惚れだろうか？　幻想？

きっとゆりえはこの写真を一生大事にする。でも、ひとに送れるようなものではない。

「好きなように思わせておけばいいじゃないか」

「よくありません。フリをする相手は相馬さんだけなんですから」

「じゃあ、爺さんには感謝だな」

「どういう意味ですか？」

「自分で考えて」

一馬はゆりえのほうを見ようとしなかった。運転に集中しているように見せかけているが、彼の心はどこか別のところにある。そのくらいの機微がわかる程度には、ゆりえは一馬と一緒にいた。

「君には……君自身で答えを出して欲しい。俺はなにも強制したくない」

それだけつぶやくと一馬は口を閉ざした。

ふたりの乗った車は冬のアメリカを東に向かって疾走した。

第四章　心の螺旋

　緑の多い田園風景が続き、きっと夏は鮮やかなのだろうなと思わせる冬景色の先にハンプトンズの乃木邸はあった。

「残念ながらビーチには面していないけどね」

　と、一馬はまるで詫びるように肩をすくめたが、ゆりえはそれどころではなかった。なんでもハンプトンズでは砂浜に面した海岸沿いの物件が羨望の的で、ビーチから離れたこの立地はわずかに地価が落ちるという。

　でも、そんなことはどうでもよかった。

　白い壁に白い柱、正面には広いポーチが横一面に伸びる邸宅は映画そのもの。門を入るとタイル敷きのS字道がポーチ中央まで続いていて、緑の濃い芝生が両脇を固める。

　石造りの円形噴水まであった。

「冬は時々凍るから水を止めてあるけど、夏はちゃんと動いてるよ。子供の頃は有馬と中に入ったりして怒られたな」

　と、ポーチまで続く道を歩きながら一馬が説明する。

ゆりえは彼のすぐ横を歩いていたが、手を繋いだり腕を組んだりはしていなかった。すると一馬がゆりえに視線を落とし、片手を差し出す。

「爺さん、見てるかもしれないから」

……手を繋ごう、と。

ゆりえは寒さに手袋をしていたが、一馬は素手だ。遠慮がちに手を伸ばすとすぐにギュッと掌を掴まれる。

「寒いから」

一馬は口早に言い訳するとゆりえを引き寄せる。

邸宅は近づけば近づくほど趣のある造りをしていた。確かに、この地域に入ってから見かけた他の豪邸に比べれば、ものすごく目立つようなものではないかもしれない。でも二階建ての白い壁は独特の風格がある。

「ここに相馬さんがおひとりで？」

「通いの家政婦がひとりいるけどね……あと、今は看護人がひとり住み込みしてる。爺さん、達者だった頃は活発すぎてあまり家に寄りつかないひとだったから」

「そうなんですか」

ふたりがポーチを上る階段に差し掛かったところで、一馬はおもむろに息を吸い込んだ。

このお芝居をするハメになったことを、彼はどう思っているんだろう。玄関をまっすぐに見つめる一馬の横顔を見ながら、思いを馳せる。

一馬はチャイムを鳴らすようなことはしなかった。

玄関の扉を開けると、そこにはフォイヤーと呼ばれる種類の玄関ホールが広がっている。外観に恥じないアンティークの家具が置かれ、すでに温かな空調を感じることができた。

「ただいま」

一馬は英語で声を上げた。

すると、明らかにプエルトリコ系だとわかる小柄な中年女性がパタパタと足音を立てて現れた。

中年女性は満面の笑みを浮かべて両手を広げ、一馬をハグする。

「おかえり、カズマ！　フライトはどうだった？　日本までは遠かったでしょう。向こうもこっちみたいに寒いのかい？　お腹空いてるだろうからいっぱい料理しておいたよ。途中で食べてきたなんて馬鹿なことは言わないだろうね？　どんなに満腹でもこのマリアさんのブリトーを食べないなんて言わせないよ。残したらその尻に突っ込んでやるからね」

機関銃のような勢いで言葉を発するその中年女性は、親しげに一馬の腕をぽんぽんと叩く。

もちろん英語だし、早口だが、独特のアクセントが強くて、ネイティブの滑らかな喋りより聞き取りやすいくらいだった。

ゆりえも世界中から客のあるホテルのフロントレセプショニストだ。流暢《りゅうちょう》とはいえないかもしれないが、日常会話くらいの英語はこなせる。

「そして……」

マリアと自らを呼んだ女性は、ゆっくりとゆりえに視線を向けた。

「こちらが例のお嬢さんだね。乃木邸にようこそ」

握手の手こそ差し出してこなかったが、ミルクチョコレート色の大きな瞳を人懐こそうに細めて、マリアは微笑んだ。

ゆりえも微笑み返した。

マリアはいったいどこまで知っているのだろう？　そんなゆりえの声なき疑問を感じ取ったのか、マリアは白い歯を見せてニカッと笑みを深める。

「このマリアさんとカズマの間に秘密はないよ。ミスター・ノギがここを買われて以来、ずっと働かせてもらってるからね」

ここでマリアの言うミスター・ノギとは一馬ではなく相馬のことだろう。

「マリア、こちらはゆりえ。俺の……元妻だ。ゆりえ、こちらはミセス・マリア・サンチェス。この家の影のボスだ」

一馬は『元』の部分だけ小声でささやいた。つまりマリアは知っているのだ。事実の確認に過ぎないというのに、ゆりえの心はまた新たに傷つく。

ゆりえは元妻。これはただのお芝居。

「はじめまして、ミセス・サンチェス。しばらくよろしくお願いします」

ゆりえの実家もすべてが順調だった頃は通いで来てくれる家政婦がいた。なんとなく懐かしくて、こそばゆい。マリアはゆりえの肩にポンと手を置いた。

「マリアでいいよ。スシは作れないけど、わたしのメキシコ料理は最高なんだ。すぐにその細っこい体を肉でいっぱいにしてあげるよ」

「ふふ、楽しみです」

「さあ、着いたばっかりでお疲れだろうけど、ミスター・ノギがお待ちだよ。コートを預かってあげようね。さあさあ、居間に入って」

マリアに押し出されるようにして、一馬とゆりえは居間へ向かった。

広々とした居間は外観と同じ白塗りの壁で、大きな石造りの暖炉がまず目を引く。窓が多くて、自然の光が優しく室内を照らす構造は開放的だった。

暖炉の前に、革張りの立派なソファが置かれている。

ゆりえには背を向ける形だったが、そのソファに座っているのが相馬だとすぐにわかった。

暖炉の中で踊るように揺れる炎に向いていた白髪の頭が、ゆっくりと肩越しにこちらを振り向く。ゆりえの足は一馬にうながされるまでもなく相馬の前に進んだ。

老人の前に辿り着くと、立っていられなくなってゆりえはひざまずいた。

「お祖父様」

「相馬さんと呼べと何度も言っただろう。わしは確かにお前の夫の祖父かもしれんが、まだまだ若いんだ」

相馬の声は嗄れていたが、口調は矍鑠《かくしゃく》としていた。

あまりの懐かしさと……そして相馬が失ってしまった体重に胸をえぐられて、目尻に涙が浮かぶ。

ゆっくりと差し出された相馬の手を、ゆりえはギュッと握った。骨と皮だけ、とはこのことをいうのだろう。肌も冷たかった。でもそこに籠もった力はまだ健在だった。

「その通りですね。お久しぶりです、相馬さん。ご無沙汰して申し訳ありませんでした」

あからさまな涙声にならないよう努力したのに、あまり成功しなかった。

相馬はゆりえを見下ろし、「立ちなさい」とうながす。

「確かに久しぶりだな。あまり来ないから、一馬の阿呆がなにかヘマをしたのかと心配しておったんだ」

ゆりえを隣に座らせると、相馬はそう語り出す。

離婚についての記憶以外はしっかりしていると、一馬は言っていた。確かに相馬の話し方は昔とほとんど変わらない。

「いえ……。一馬さんとは仲良くさせてもらっています。ただ仕事が忙しかっただけで……」

「日野会長はお元気かな？」

「祖父は……」

ゆりえは言葉に詰まって、一馬を振り返った。

孫の離婚を覚えていないというから、その原因になった事件の記憶も曖昧なのだろうか……。

ゆりえの祖父は一年半ほど前に他界していた。

元々高血圧で心臓を患っていたのだが、あの着服疑惑の一連の騒動が彼の死を早めたのは明らかだった。

でも、余命わずかな相馬にわざわざ真実を伝えて傷つける必要はないと、一馬とも合意している。

一馬はゆりえに向かってコクリとうなずいた。

「……元気ですよ。ただ、さすがにアメリカにまでは来られない体です。相馬さんにもよろしくと言われています」

「そうか。わしからもよろしく伝えてくれ」

「はい」

「しばらくここに泊まっていくのだろう？　マリアはなかなか気の利く家政婦だ。和食は作れないが。好きなだけ甘えなさい」

「お世話になります。じゃあ、なにか和食を食べたかったら言ってください。わたしが作りますから」

「そうさせてもらおう」

気がつくと、一馬の手がゆりえの肩に置かれていた。一馬はソファの背もたれ越しにゆりえの背後に立ち、大きな上半身をかがめて、ゆりえの頭のてっぺんにそっと唇で触れる。

外気で冷えた肌がポッと火照る。

「この馬鹿孫が。いったい今までなにをしておったんだ。こんな素晴らしい嫁を放っておいて、わしの二の舞になるつもりか」

「はいはい、その馬鹿孫はきちんと反省して、嫁を一緒に連れてきましたよ。爺さん、気分は？」

「悪くない。美人が隣にいると具合がよくなるものだな。若返った気分だ」

「その美人は俺の妻なんだよ。からかわないでやってくれ」

相馬と一馬はいつもこんな調子だった。軽口を叩き合ってばかりで、側《はた》から見ると喧嘩寸前なのに、実はお互いをからかって楽しんでいるだけなのだ。

彼らは似た者同士で、だからこそ時々反発もするらしいが心の底では深く繋がっている。でも……。

（二の舞……？）

相馬の妻――つまり一馬の祖母のことを、ゆりえはあまり知らない。まだ一馬が学生だった頃に他界しているという大雑把な知識くらいしかなかった。

聞きたい気持ちはあったものの、あまり楽しい話ではない予感がしてゆりえは黙っていた。

マリアの快活な声が響き、食事の用意ができたからダイニングルームへ来いとうながされる。

するとどこからか看護人が現れて、相馬の移動を手伝った。

ちょっと胃に重くはあるものの美味なマリアの手料理をお腹いっぱいに平らげて、一馬とゆりえは寝室に荷物を運び込むことになった。

――ふたりの寝室だ。これから二ヶ月だけは。

＊　＊　＊

口舌こそ鋭いままだったものの、相馬の食は細く、食事が終わると疲れたと言ってすぐに一階にある自室に籠もってしまった。

ふたりが使う寝室は二階になる。

バスルームやウォークインクローゼットもある広々とした部屋は、ゲストルームではなくマスターベッドルームの仕様だった。

「昔は爺さん達がここを使ってたんだ。腰が悪くなってから一階に部屋を移したけどね。ここ数年は俺が一番ここに来るから、ほぼ俺の部屋になってる」

と説明しながら、一馬はゆりえのスーツケースを運び込んだ。

一馬本人の荷物は肩にかけるスポーツバッグひとつのみ。日用品も大体の衣類もここに揃っているという。

「隠居用のおうちって言うから、もっと最近に購入した高齢者用の物件みたいなのを想像してたんです。違うんですね」

広い寝室を感嘆の表情で見渡しながら、ゆりえは素直な感想をつぶやいた。

一馬が低い声で笑う。一馬が笑うと、ゆりえの胸の奥はいつもキュッと締めつけられた。

「俺が子供の頃からあったよ。乃木ホテルの北米部門が軌道に乗ってから、週末と休暇のために買ったらしい。ニューヨーク市内だけに住むのは結構ストレスだったんだろうな……特に祖母には」

「お祖母様……」

「俺がまだ中学生のときに亡くなったけどね」

寝室に鎮座するキングサイズのベッドは斬新でモダンなデザインだ。新しいものらしい。とりあえず元夫の祖父母のベッドそのままではないことに、妙な安堵を覚える。

一馬はスポーツバッグを床に置いて、仕事用のノートパソコンを取り出すと窓際にあるデスクの充電器にセットした。

そんな滑らかな動作から、一馬は本当にここに足繁く通っているのが見て取れる。

「そういえば相馬さんは……嫁を放っておいたら自分の二の舞になる……みたいなことをおっしゃってましたけど……」

　正午でもなければ夕方でもない中途半端な時間帯で、窓から入る光は強くはないが弱くもない。きっと夏はこの大きな窓から燦々《さんさん》と日光が差して、明るく温かい部屋になるのだろう……。

　でも今は、控えめで穏やかな冬の日差しが窓際の一馬を静かに照らしている。

　一馬はまた笑ったが、それはさっきまでとは違う、喉の奥から漏れるようなもっと物悲しい響きだった。

「爺さんは仕事の鬼だったし……あの性格だから日本よりアメリカの水の方が合ってて、こっちの支店で成功しだしてからはあまり日本に寄りつかなかったんだ。でも祖母は日本がよかったんだろう。あの年代のひとだから離婚はしなかったが、結構長い間海外単身赴任という名の別居状態でギクシャクしてたらしい。俺達には優しい祖母だったけどな」

　両手を広げて、日本の一軒家ではあり得ないような広さの寝室を示す。白を基調にした部屋は、ゆりえはもとより多くのアメリカ人でも羨望を感じずにはいられないだろう。まるで映画の中にいるみたいだ。

「この家は、爺さんがなんとか祖母の心を繋ぎ止めておくためにあったのかもしれない。祖母もここだけは好きだったから」

そして……相馬は最期を迎える場所にここを選んだ。

一馬はじっとゆりえを見つめ、まるでゆりえの意見を待つようにしばらく黙った。

胸の奥がざわついて、視線を逸らしたいのに逸らせない。ゆりえは所在なげに足元に運ばれたスーツケースの持ち手をいじった。

「相馬さんはお祖母様を愛していたんですね」

そんな言葉がこぼれるようにゆりえの口から出た。

「だろうね」

「羨ましいです」

これもまた、勝手に口が動いてしまうような感覚でつぶやいていた。途端に一馬の眉尻が上がる。

「どうして？ 別居状態であまりうまくいってなかったって言っただろ？」

どうして？

決まっている。彼女は愛されていたから。

たとえ夫婦の間に障害があっても、相馬は彼女を繋ぎ止めようと努力してくれた。

一馬のように一瞬で手放してしまったりしなかった。

(……馬鹿。そんなふうに比べるなんて無意味だし、不公平じゃない)

ゆりえはできるだけ一馬を責めるような口調にならないように気をつけて、ささやいた。

「それでも愛されていたことが、羨ましいと思ったんです。それでも別れなかったふたりが」

もちろん一馬は、ゆりえの言葉の意味するところに気がついたはずだ。

一瞬だけ、一馬の瞳は傷ついたように揺れた。それから挑むように鋭くゆりえを見据える。

「祖母だって爺さんを愛していたよ。だからふたりは続いたんだ」

一馬は静かに告げた。

――おそらくどんな夫婦にだって、乗り越えなければならない障害がある。

一馬とゆりえだって他人の目には羨ましいばかりのものに映ったはずだ。実際、ゆりえの祖父の疑惑が浮上するまで、ふたりの結婚生活は理想を絵に描いたようなものだった。でも突然現れた大きな困難を前にして、ゆりえは結婚から逃げることで一馬を救った。

ゆりえは今まで心の中で、すぐに離婚を受け入れてしまった一馬を密かに責めて、いじけて、傷ついていた。でも、すぐ別れを選んでしまったのはゆりえも同じだ。最初に言い出したのはゆりえだったぶん、責任は重いのかもしれない。

もちろん責任云々を言っても、不毛なだけの話だけれど。

ここで口喧嘩をはじめることもできたけれど、ゆりえは黙っていた。

そんな、わたしがあなたのことを愛していなかったみたいに言わないでと、声を上げることもできた。もしかしたら一馬はそれを待っているのかもしれない。

でも、それはゆりえの性分ではなく、一階にいる相馬は認知症の症状はあっても耳はまだよく利き、日本語はわからなくてもマリアは聞き耳を立てていそうだ。なによりこの穏やかな冬の午後を口論で汚したくなかった。

「そうですね。だから……羨ましいと思ったんです」

ゆりえはそれだけつぶやいて、下を向いた。

最期まで妻を想い、これから生涯の幕を閉じようとする男と。

それを見送ろうとする、未来を手放してしまったふたりと。

ハンプトンズの灰色の冬と。白亜の邸宅。

一馬はグッと顎と唇を引き結んで、関節が白くなるくらい強く拳を握っていた。

＊　＊　＊

最初の一日はフライトの疲れもあり、荷解きや家の中の案内もあって、どこにも出かけないうちに夜になった。

マリアはここから車で半時間ほどの町から通いで来ているそうで、夕食を作ると帰ってしまうらしい。

「わたしが明日やるんだから、食器は洗わなくていいからね」

夕食のチキンスープを保温用のホットプレートの上に乗せながら、マリアは注意深くゆりえに忠告した。

「あんたは昔の奥様にそっくりだ。そうやってわたしの仕事を奪っちゃって、クビになったらどうしてくれるんだい？　日本の女っていうのはこんなのばっかりなのかい？」

ここでマリアの言う「昔の奥様」は一馬の母ではなく相馬の妻を指すらしい。色々と家事を手伝おうとするゆりえに最初こそ感激していたマリアだが、次第にやりすぎだと慌てはじめるに至った。

「でも食洗機に入れてスイッチを押すだけですから」

「またそんなこと言って！　ゴミ出しから床掃除まで全部やっちゃうんだろう？　知ってるよ、ああ、カズマ、この子はあんたのお祖母さんの再来だね……言うこともやることもそっくりだよ！」

艶のある褐色の肌で若々しく見えるが、すでに六十代であるというマリアは昔を振り返ってそうゆりえを評価する。

居間でチェスをしていた相馬と一馬の笑い声がキッチンまで響いてきた。

「静江《しずえ》は英語が喋れなかっただろう」

相馬のからかうような声。

「別に日本の女性がみんなそうってわけじゃないよ。母さんはそういうタイプじゃないの、知ってるだろう？」

一馬の声がそれに続く。

一馬の両親はそもそもここアメリカで出会ったらしく、彼の母親は日本人ではあるがかなり進歩的なタイプのビジネスウーマンだ。乃木ホテルは西海岸沿いにも支店があり、一馬の両親はそちらにある住まいにいることも多いと聞く。

マリアはプンプンと肩をいからせながら居間でくつろいでいる男達に声を上げた。

「とにかく、このお嬢さんがわたしの仕事を奪おうとしたら、椅子に縛りつけておくんだよ！」

一馬は立ち上がって、マリアがコートを着込んでバッグを肩にかけるのを手伝った。ゆりえも見送りのために玄関に向かう。マリアは明るく手を振って、薄闇の中に消えていった。

門の外に自家用車を停めていて、それで通勤しているという。

「元気な女性ですね、マリアさん。びっくりしちゃいましたけど、いいひとで嬉しいです」

玄関のポーチに一馬と並んだゆりえは、マリアの車にエンジンがかかる音を聞きながらささやいた。

家の中は温かいのに、玄関を開けただけで白い息が宙に浮かぶ。セーター姿のゆりえは寒さにぶるっと身震いした。そんなゆりえの肩を一馬が抱き寄せる。

「口は悪いかもしれないが、マリアは本当によく働いてくれている。俺らにとっては家族みたいなものだ。ただ、雇い主は俺達なんだから、君が遠慮したりする必要はないんだよ」

ゆりえは横に立つ一馬を見上げた。

「一馬さんは雇い主でも、わたしは――」

もう他人で、ただの客だ――と言いかけて、一馬の視線がさっと祖父のいる居間に向けられるのに気がついた。

そうだ。この家ではゆりえは一馬の妻でなくてはならない。

嬉しくて、それでいて切なかった。

「わたしは……夕食の片付けくらいなら自分でできますよ？」

途端に言い繕っただけだったのに、一馬はこくりと深くうなずいた。

「わかってるよ。でも、せっかくなんだから俺の奥さんには家政婦の仕事を奪うより、もっと楽しいことをして欲しいな。例えばベッドの中で」

ゴホン、という相馬の咳払いが居間から聞こえてくる。

一馬とゆりえは顔を見合わせて笑った。

「ゆりえを連れてこいとうるさかったのはあなたじゃないか、爺さん」

「まったくその通りだ。しかしわしの目が黒いうちは、玄関で乳繰り合うのは遠慮してもらおうか。そのために寝室があるんだ」

ふたりは玄関を離れて家の中に戻った。

マリアの作ってくれたスープがあるので、夕食は皿を出すだけでいい。ゆりえはチェスの続きに戻った相馬と一馬の横にあるソファにちょこんと座り、暖炉の火を見つめる。

認知症の症状があるというのに、相馬はチェスができた。

それも相当強い一馬と互角に勝負をしている。もちろん一馬が手加減をしている可能性はあるが、側《はた》から見る限りは接戦だった。

「夕食の前になにか飲みますか？　お茶とか、ワインとか？」

マリアに家事を禁じられたゆりえは少し手持ち無沙汰で、ふたりに尋ねた。

「いや、いいよ。ありがとう。今アルコール飲んだら負けるかもしれないし」

と、一馬。

「五十も年上の死にかけの男にワイン一杯で負けるとはなにごとだ。すまんがこいつにブランデーを一杯用意してやってくれるかな」

と、相馬。一馬は「爺さん」と警告するような低い声を出すが、相馬はそれを遮るように手を振る。

「ふふ。わかりました」

ゆりえは笑いを噛み殺しながら席を立った。

相馬と一馬は本当に似た者同士だ。

肩が広くてガッチリとした体型、はっきりとした顔立ち、そして大胆で外交的な性格。時には好戦的だと思えるくらい議論や討論が好きで、相手を言いくるめるのが上手いのもそっくりだ。

でも、とても愛情深い。この祖父と孫はそんなところも似ている。

ホテルでバーテンダーの教習を受けたことのあるゆりえは、ブランデーに氷を入れてオンザロックをふたりの男に出した。

「ありがとう」

ふたりの男は同時に礼を言った。それがおかしくてゆりえは笑う。

そうしてしばらく、穏やかな時間が過ぎていった。

そろそろ夕食にしようかという時刻になって、一馬のスマホが鳴り出した。

「……仕事の案件だ。悪い、少し席を外すよ」

画面を確認した一馬がそう詫びて椅子から立ち上がる。そのまま英語で通話に答え、二階に駆け上がっていった。後には相馬とゆりえが残される。

相馬の視線はすでにチェス盤ではなくゆりえを見つめていた。

一馬の足音が寝室に入っていったのを確認して、ゆっくりと喋りだす。

「どうだい、一馬とは上手くいっているかな？」

相馬は穏やかに微笑んでいた。

余命宣告を受けても、相馬本人に焦りや悲しみのようなものはほとんど見当たらなかった。少なくともそれをゆりえに感じさせるような素振りは見せない。

でも今は、孫を案じる祖父の顔をしていた。

ゆりえはうなずき、できるだけ明るい表情を心がけながら微笑み返した。

「はい……。優しくしてくれています。わたしもできるだけ一馬さんの力になれるよう努力しているつもりです」

「夫婦だからといって、君が一馬の力になる必要などないさ。奴は奴の力でやっていけるし、そうでなくてはならない」

相馬はひとりがけのソファの背もたれに痩せた背中を沈めた。両手の指を絡ませ、下腹部の前に置く。

「君の力は、君の人生のために使っていいんだ。わしの孫は君の力が欲しくて君と結婚したわけじゃない。そんな半人前な男に奴を育てた覚えはないからな」

一馬について語る相馬の顔には誇りが溢れていた。

なぜか、ゆりえの胸にもじんわりと誇らしい気持ちが芽生える。

確かに一馬は、結婚中もゆりえに依存するような生活の仕方をしたことがなかった。ゆりえが料理すればそれを楽しんでくれたし、家事をすれば助かると言って感謝してくれたが、彼自身がそれらをできないということはなく。

仕事に関しても、常にゆりえの意思を尊重してくれた。働き続けたいというゆりえに対して、たったのひと言だって反対したことはなかった。逆に家にいたいと言っても、彼はきっとふたつ返事で受け入れてくれただろう。

「そうですね。覚えておきます」

「あいつを支えてやってくれとは言わん。奴を支えるのは奴自身の役目だ。ただ……一馬を愛してやってくれ。そして奴が本当に君を必要としたときに、そばにいてやってくれ。わしが望むのはそれだけだ」

「お約束します。きっと」

ゆりえは静かに誓った。

――ええ、もし本当に彼がゆりえを必要としてくれるなら……必ずそうします、と。

相馬はうなずくと、深いため息をついて天井を見上げた。そしてぼんやりと虚《うつ》ろな瞳で宙を眺めている。

加齢による皺の刻まれた額に、数粒の脂汗が浮かんでいた。

「痛み止めが必要ですか？　サムを呼びましょうか？」

サムとは住み込みの看護人のことだ。小柄だが精悍な印象の南アジア系男性で、看護の必要がないときは自室で休んでいるが、呼べばすぐ駆けつけてくれる。

「いや……サムは呼ばなくていい。痛み止めだけ持ってきてくれるかい……二錠だ」

ゆりえは急いで立ち上がり、マリアの教えてくれた一馬のための薬品のあるキャビネットから痛み止めを二錠と、冷たい水を用意して戻った。

それを受け取ると、相馬は自ら薬を飲み下した。

ああ……一度に二錠も服用するのは普通のことなのだろうか？　あとで一馬かサムに聞いてみないと……。

ゆりえの心配をよそに、相馬は頭を振ってわずかに微笑んでさえみせた。

「そんな顔をする必要はない……。誰だっていつかは逝くんだ。わしの唯一の心配は一馬が君に見捨てられないかということだけだった……。こうして君達が一緒にいるところを見られて、もう悔いはないさ」

「そんなこと言わないでください。あなたはよくても、わたし達はもっと相馬さんと一緒にいたいんです……」

「困った子だ」

すると、階段から足音が響いてきて、一馬が戻ってきた。

相馬とゆりえの様子を目にした一馬は、厳しい表情になって眉間に皺を寄せる。

「急に席を外して悪かった……と、なにかあったのか？　ゆりえ？　爺さん？」

過保護な口調と声色に、こんなときにもかかわらず、ゆりえの心はときめいて高鳴る。一馬に心配されるといつもこんな風に胸がギュッと締めつけられた。

「たいしたことじゃない。少し苦しかったんで痛み止めを持ってきてもらっただけだ」

相馬はすぐに説明したが、一馬の目は注意深く細められてゆりえに向けられる。

元夫を落ち着かせたくて、ゆりえはうなずいた。

痛み止めについては、夜ふたりきりになったときに聞いてみようと心に決めて。

マリアの用意してくれたスープは意外なほど繊細な美味しさで、冬の夜にこれほど心と体を温めてくれるものはないと思えるほどだった。

昼食時は食の細かった相馬も、このスープだけはしっかり食べていて、ゆりえは少し安心した。

しかし、

「夫婦の夜の時間を邪魔するような野暮な真似はしたくないからな」

と言って、食後にもう少し居間でくつろごうという一馬とゆりえの提案を、相馬は拒否した。そして、食事を済ませるとサムの手伝いを借りて寝室に戻ってしまう。

ゆりえはここに滞在することに同意した時点で、相馬の介護も手伝う覚悟でいた。でも、そういう意味での仕事はする必要がなさそうだった。家事でさえマリアがやってくれる。

そうなってくるといよいよ、ゆりえの役目は一馬の妻でいること、その一点のみになってくる。

りしていた。

まだやっと一日を過ごしただけだが、孫夫婦の離婚の記憶が曖昧な以外、相馬の頭はしっかりしていた。

つまり、一馬とゆりえは相当気をつけて夫婦のフリを続けなくてはならないということだ。

中途半端な演技ではきっとすぐ勘づかれてしまう。

一馬とゆりえは、大きなオープンキッチンと繋がったダイニングスペースに、ふたりで取り残された。

ずっと相馬やマリアがいたから、急にふたりきりになってしまうとゆりえは緊張する。

隣り合って座っていたため、一馬の腕はずっとゆりえの椅子の背もたれに回されていた。直接触れられているわけではないのに一馬に包まれているようで、ゆりえはその感覚に酔いしれていた。

しかし、その腕も、相馬がいなくなるとそっと外されてしまう。

——当然だ。だってこれは演技なのだから。

壁にかかった時計を確認すると、まだ夜八時を少し過ぎたばかりだった。

「どうしようか。爺さんはもう朝まで起きてこないから……どこか出かけようか？」

ダイニングテーブルの椅子から立ち上がりながら、一馬が提案する。

「今からですか？」

「そう。徒歩で散歩してもいいし、車を出してもいい。もちろん、疲れてるなら無理しなくていいよ」

ゆりえはあまり夜遊びの類が得意ではない。一馬はそれを知っているから、しつこくは誘ってこなかった。

テーブルの上の皿を片付けはじめる一馬を見て、ゆりえも席を立った。

「駄目だよ。俺がマリアに平手打ちをくらうところを見たくなかったら、座ったままでいてくれなくちゃ」

「でも、一馬さんが片付けしちゃったら同じことじゃないですか」

「注意されたのはゆりえだけだろ。俺は、なにもするなとは言われてないから大丈夫」

正論とも屁理屈ともつかないようなことを言って、一馬は使用済みの食器を食洗機に並べはじめた。

まったくなにもしないというのも、ゆりえには心苦しいだけで落ち着かない。一馬が食器を片付けている横で、パントリーを調べて明日なにが作れるかを考えたり、ワイングラスの並んでいる棚を整理してみたりした。

大きなシステムキッチンにはワインセラーもあって、特にワインに詳しいわけではないゆりえでも極上だとわかる豪華なラベルのワインボトルが陳列されている。

「美味しそう……」

ゆりえは思わずつぶやいてしまった。

「どれか開けようか」

間髪容《い》れずに一馬が答える。彼はすでに食器を食洗機に並べ終え、キッチンタオルで手を拭いているところだった。

……食器を片付ける姿がこんなにカッコよく見える男性なんて、ありだろうか？
なにかの法律で禁止にするべきだ。見るひとの命に関わる。心臓発作とか。

「で……でも、みんな年代物のすごくいいやつばっかりですよ。なにかの記念日とかにとってある物でしょう？」

「本当にいいのはホテルに回してるよ。ここにあるのはその余り」

「余り物のレベルが高すぎます」

「はは、そうかな」

ゆりえの覗いていた小さな冷蔵庫大のワインセラーの扉を、一馬が開ける。

一馬は小声でぶつぶつとラベルを読み、上から数本目の赤ワインを一本選び、引き抜いた。
南仏産の九十年代物だ。まだ栓も抜いていないうちから胃の中が温かくなってくるような美味しそうなボトルだった。

「これにしよう」

「わたしそんなに飲めないのに、開けちゃうのもったいないですよ。一馬さんもワインはそんなに飲まないのに」

「いや、今夜はなんか飲みたい気分だ。付き合ってくれ」

――付き合ってくれ。

晩酌の話でしかないというのに、ゆりえの心臓は一馬の言葉に呼応して強く跳ねる。

もしヨリを戻すとしたら、ふたりはまた「お付き合い」からはじめるのだろうか？　そんな不毛な疑問にゆりえの心は一喜一憂している。

ホテルのバーと遜色がないほど綺麗に磨き込まれたワイングラスを二本、まるでバーテンダーのような動きで取り出した一馬は、ゆりえに「おいで」とささやいて居間に戻ろうとした。

暖炉に火の灯った温かい居間は確かに心をそそられる。

でも……。

「あの……ポーチで飲むのは駄目ですか？」

ゆりえのかけた声に、一馬が肩越しに振り返る。

「ポーチ？　つまり、外で？」

「ええ。外で散歩する代わりに、ここのポーチに座ってのんびりするのはどうかなって」

ゆりえは玄関の方を指さした。

いかにもアメリカの古典的な邸宅であるこの家は、玄関前に立派なカバードポーチがある。ウッドデッキの上には大きなテラコッタに入った観葉植物と、ガーデン用のティーテーブル、そしてクッションのたっぷり乗った横長の木製ポーチ用ブランコが天井から吊るされていた。

「あれ、好きで憧れてたんです。ポーチに吊るされた細長いブランコ」

「へえ」

「夏の夜ならもっと気持ちいいでしょうけど、でも……」

夏にはもう、ゆりえはきっとここにはいない。

一月下旬の夜は冷え込むが、幸い雨も風もない宵だった。

一馬は手にしたワインボトルとグラスをそばにあった骨董《こっとう》チェストの上に置いた。ゆりえの唐突な提案に呆れて、飲む気そのものを失ってしまったのかもしれないと一瞬身構えたが、一馬の顔にはいつのまにか大きな笑みが浮かんでいた。

「じゃあ、まずコートとブランケットを持ってこないと。君に風邪を引かせるわけにはいかないからな」

＊＊＊

ハンプトンズは避暑地で、大概の物件は別荘として高所得者層に所有されているという。だから夏場は賑やかだが、冬は静かで人通りも少なく、寂しいくらいに落ち着いているのだそうだ。

だから、通りに面したポーチも静かだった。もちろん外で多少の騒音があっても、門から家までの間に大きなフロントヤードが広がっているお陰で気になることはなさそうだったけれど。

門の両脇には背の高い垣根が茂っているので、プライベートも確保できている。

白くて柔らかいクッションが並んだポーチのブランコをゆっくりと揺らしながら、ゆりえはワイングラスを傾けていた。

「思った通り、すごく美味しい……」

「言うと思った」

ブランコに乗っているのはゆりえだけで、一馬はその横にある木製のポーチの手すりに寄り掛かっていた。足が長いのでほとんど手すりに座っている形だ。逆にブランコは彼の長身には窮屈かもしれない。

静かな夜だった。

遠くの電灯とポーチの明かり、そして家の窓から漏れる橙色《だいだい》の光が淡く薄闇を照らす。

気温は低かったが風はなく、極上のワインが体の奥をじんわりと温めてくれる。

ワインと……そして隣にいる一馬の存在が。

ふたりはしばらくなにも言わずにワインを味わっていた。

聞きたいことがありすぎて、かえって言葉が出ない。伝えたい気持ちだってたくさんある。

でも、それは言うべきじゃない気がした。どうせふたりは一ヶ月後には離れなくちゃならない。

もし奇跡的に相馬の症状が回復したとしても、ゆりえの有給は二ヶ月半のみなのだから。

「五年か」

一杯目が空になって、一馬がぽつりとつぶやいた。

「え？」

「俺達が別れてから。五年。あっという間だったな」

一馬はテーブルの上のワインボトルに手を伸ばして、二杯目を注いだ。

ゆりえのグラスをちらりと見て、「いる？」と人懐こく聞いてきたが、まだ三分の一ほど残っているゆりえはそっと首を横に振った。

「あっという間……ですか」

「俺にはね。もっと長く感じるときもあるが、振り返ってみると一瞬だった気がする」

一馬はふいと横を向いて、視点の定まらないぼんやりとした目線で庭に顔を向けていた。なにかを思い出しているみたいだった。

こうして一馬が、話している相手の目を見ないのは珍しかった。彼はいつだって不遜なくらいにひとの顔をじっと見据えて会話をする。端正で彫りが深く、目力のある男らしい顔に見つめられて、思わず彼の話に流されてしまう人間は多いだろう……仕事でも、プライベートでも。

「一緒にいた時期より、別れてしまってからの方がずっと長いことになりますね」

「ああ」

「時々は……思い出してくれましたか？」

ワインはゆりえを饒舌《じょうぜつ》にさせた。きっとシラフだったらこんなことは聞けなかっただろう。

一馬の横顔に緊張が走った……のは一瞬で、すぐに自嘲っぽい笑みが薄く彼の唇を飾る。

「ああ、もちろん」

一馬はさらりとそう答えて、取り繕ったり見栄を張ったりはしなかった。

ゆりえはワイングラスを胸元に抱え、ブランコを小さく揺らした。

「もし別れていなかったら、今頃どうしてただろうって思ったことは……？」

一馬は声を出して笑った。

「いや、それはあまりないかな……。俺はそういう感傷っぽいタイプじゃないんだ」

ゆりえがまじまじと元夫の顔を見つめていると、彼はゆっくりと視線をゆりえに戻した。

「俺は『たら・れば』を考えるのが好きじゃないってだけだよ。ゆりえのことを思い出さなかったわけじゃない」

そう言って、一馬は二杯目のワインをごくごくと飲み干してしまった。

一馬は酒に強いし、外出先で飲んでいるわけではない。もし酔っても二階には寝室があって、いざとなればサムもいる。でも一馬が三杯目を注いだとき、ゆりえは少し不安になった。

彼の瞳がいつもより少し翳《かげ》っているように見えたからだ。

「ゆりえこそどうだったんだ？」

案の定、一馬の声色が今までより荒々しい響きを孕んだ。ゆりえはブランコを揺らす足を止めた。

「わたしだって……」

「離婚を言い出したのも君で、俺の弟に会っても俺の近状についてひと言も聞かなかったのも君で、五年ぶりだっていうのにホテルのフロントロビーに何時間も俺を放っておいたのも君だ。さぞかしたくさん俺のことを思い出してくれたんだろうな」

と、早口で吐き捨てるように言って、三杯目の灰赤色の液体をグッと呷《あお》る。

「そうだな。年に一、二回くらいは？」

ゆりえは言葉を失って体を固くした。こんな一馬ははじめてで、どう反応していいのかわからなかった。美味しかったワインの味も感じられなくなってくる。

こんなつもりじゃなかったのに。

二ヶ月だけの夢なら、幸せでいたいのに。

ゆりえはゆっくりワイングラスをテーブルの上に置いた。白いクッションの上に染みを作りたくなかった――白は無垢の色なんかじゃなく、物が汚れても構わない裕福な人間のための色だとぼんやりと思いながら。

「……本当にそうだったら、きっと楽だったのに」

「じゃあ、違うんだ。もう少し思い出してくれた？　月に一回？」

「一馬さん、酔ってます」

「俺は息をするたびにゆりえのことを考えてたよ。確かに『たら・れば』の妄想は俺の趣味じゃない。でも未来で……また君に会えたら、どんな顔をしようか、どんな話をしようか……君はどれだけ綺麗になっているか……とめどなく想像していた」

「………………」

「ゆりえは違うんだ？」

「ち、違いません……。でも……」

「でも？」

「わたしは一馬さんみたいに強くないから。過去を後悔してばかりで、未来がどうなんて考えられませんでした」

「俺は強くなんてないよ。本当に強ければ、君のことを忘れてさっさと先に進んでただろう。でも俺にそんなことはできなかった」

ゆりえは息を呑んだ。

一馬の喉仏がごくりと大きく上下する。

――だったらどうして、反対してくれなかったの？

そんな究極の問いが口をついて出そうになる。ゆりえが口にする資格のない問いだ。

五年前、ゆりえが離婚を切り出してから実際にそれが成立するまで、ふたりはほとんど話し合えなかった。当時、ゆりえは実家……特に塞ぎ込みがちになった母につきっきりだったし、一馬はゆりえの要求ならなんでも呑むと言って、一切反対や反論をしなかった。弁護士が立てられ、ことはスムーズすぎるくらいに着々と進んだ。気がつけば書類にサインをすればいいだけになっていたのだ。

ふたりは見つめ合って、互いに動けずにいた。

吐き出された白い息が視界に揺れる。

「でも、わたし達は……」

ゆりえはささやいて、でも、その先を続けられなかった。

一馬はすでに、この夫婦のフリが終わったらゆりえは自由だと宣言している。もうゆりえを追いかけることはないと、はっきり告げたのだ。一馬がゆりえに望むのは相馬のための演技だけで、一切手は出さないと……。

一馬は再びそっぽを向いて、月と星の浮かぶ冬空を見上げた。

「……わかってるよ。俺達がヨリを戻す望みがないのは、俺が一番よく知ってる。わざわざ言わなくてもいい」

ゆりえは一馬を見ることができず、テーブルの上のワインボトルに視線を泳がせた。

ふとラベルに記された年代を見て、このぶどう酒は何十年もの間瓶の中で熟成されたんだということに気がついた。

(わたし達は一年で終わっちゃったのにな……。まるでボジョレーヌーボー並みの早さ……)

ワインに負けた……と、くだらないことを考えてしまった。そうしないと涙がこぼれてしまいそうだったから。

ひとつの瓶に閉じ込められて、年月を重ねるごとに風味を増していく。ゆりえ達もそうなれるのだと信じて疑っていなかった頃もあった。

そのとき、ブブブッとゆりえのスマホが振動して、メッセージの着信を告げた。ポケットから取り出して確認すると母からだった。

「……誰?」

緊張感を含んだ硬質な声で、一馬が聞いてくる。

「お母さんです。夕食前にこのお家の写真を何枚か送ったんです。一馬さんによろしくって」

一馬の表情は目に見えて軟化した。

「そっか。俺からもよろしく言ってくれ。今回は挨拶できなくてすまなかったと」

「わかりました。でも、挨拶なんてしなくて大丈夫ですよ。わたし、もう大人なんだから」

「いいや」

一馬はきっぱりと断言した。

「大事な娘を預からせてもらうんだから、お義父さんとお義母さんには挨拶するべきだったよ。……たとえ二ヶ月でも」

一馬がまだゆりえの両親を「お義父さん、お義母さん」と呼ぶのがくすぐったい。わざわざそれを指摘して訂正する気にはなれなかった。

ゆりえはうなずいて、母のメッセージに短い返事をタイプしていく。

「『夕飯食べ終わったところです。一馬さんがお母さんとお父さんによろしくと言っています』……」

送信ボタンを押すと、一馬は首を伸ばしてゆりえのスマホを覗こうとした。別に隠しているわけではないし、首を伸ばしたくらいで文字が読める距離ではなかったので、ゆりえは一馬の方に画面を向けた。

「そんな、見ても面白いことなんてありませんよ」

「いや。車の中で撮ったやつ、送ったのかなと思って……」

「一緒の自撮りですか？　お、送ってませんよ……！」

「どうして？」

「どうしてもです」

「高田さんには？」

「送ってません。送ったら喜ぶかもしれないけど……一馬さんのことカッコいいって言ってたから」

一馬はスマホに顔を近づけて、ふーんと言いながら母とのやり取りを読んでいる。ゆりえも母も真面目なので、これといって変哲のない事実の報告ばかりだ。今、空港に着きました、寒いです、これから車で市内に向かいます……。そう、よかった、気をつけてね、一馬さんによろしく……。

間にちょこちょことゆりえが風景や料理の写真を挟むくらいで。

「お義母さん、元気？」

「はい。最近はもう……落ち着いてます。下の弟も家にいるから安心してます」

「そっか、よかった。一時は大変だったんだってな」

「ええ。苦労知らずなお嬢様だったひとですから……どうしていいかわからなかったんでしょうね。祖父本人の方がよっぽど堂々としてたくらいで」

着服疑惑が明るみに出てからしばらく、ゆりえの母の精神は不安定だった。

幸いゆりえの父は祖父の会社には関わらず、開業医として独立した収入を得ていたものの、一時はかなり患者の数が減った。食べるものに困るということこそなかったものの、週に三日通いで来ていた家政婦は呼べなくなり、那須高原にあった小さな別荘は売却された。玉の輿に乗れたと思っていた娘は離婚してしまうし……母にとっては暗黒の日々だったのだろう。

それをゆりえが説明すると、一馬は神妙な顔つきで深くうなずいてみせた。

「お嬢様だったのはゆりえも同じだろう。でも君はずっとしっかりしたまま、お義母さんを含めた家族を守った。君はすごいよ」

「そんなふうに見えますか？　しっかり？」

「違うの？」

「ぜんぜん違いますよ。泣いてばかりでした。特に最初の一年は……」

語ろうとすると、どうしてもあの頃を思い出してしまう。

あの時期にいい思い出はひとつもない。

信用失落により事業縮小に追い込まれた祖父の会社を立て直すため、日野家の男はゆりえの弟達も含めて奔走した。その影で、苦労を知らない母はうつ状態になることが多く、実家の切り盛りとそんな母の世話はゆりえが担うことになった。

「ずっと真っ暗な場所をひとりで歩いてるみたいでした。毎日毎日頑張ってるのに、自分がどこに向かってるのかわからなくて……。もしかしたら目の前に崖っぷちがあるのに、それを知らずに進んでるのかもしれないって思うと怖くなって。でも、なにもしないのはもっと怖くて……」

ゆりえは再びブランコを足で小さく揺らした。

もうそれ以上思い出すのが嫌になって、頭を左右に振る。

「……とにかく、わたしはぜんぜんしっかりなんてしてません。臆病で……ずっと、寂しかったです」

一馬はいつの間にかバルコニーの手すりにワイングラスを置いて、胸の前で腕を組んでゆりえを見つめていた。

ゆりえは今、どんな顔をしているだろう？

化粧をしたのは朝だし、ワインも飲んで、あまり褒められた状態ではない……はずなのに、一馬の視線はゆりえがうろたえたくなるほど熱かった。

「ごめんな」

急にぼそりと、一馬が謝罪の言葉を口にした。

「なにがですか？」

「『良いときも悪いときも、富めるときも貧しきときも、病めるときも健やかなるときも』って、誓っただろう。破るつもりはなかった」

ふたりがかつて結んだ結婚の誓いを一馬の声で聞いて、ゆりえの胸はドキンと高鳴った。

一語一語が誠実な口調で、一馬の表情は真剣だった。

「でも、破ったのはわたしですよ。わたしが離婚を言い出したんですから……」

ゆりえはなんとか微笑むことに成功して、そうやんわりと指摘した。

一馬はあえてそれを否定はしなかった。

ここが一馬の厳しいところだ。一時の慰めのためだけに心にもないことを言ったりはしない。

「……それに、一馬さんにいただいたお金、本当に助かりましたから。あんなにいらなかったのに」

「正当な財産分与だよ」

「そうですか？　弁護士びっくりしてましたよ。でもあのおかげで、母がよくなるまで働かずに家にいられました」

それどころか、母の具合がよくなり経済的にもなんとか少し持ち直した頃、ゆりえは家を出てマンションを買うことができた。

家族が嫌になったわけではないが、独り立ちして新たなスタートを切りたかったのだ。そして東堂ロイヤルガーデンに就職した。それが三年ほど前。

良いときも悪いときも……。

病めるときも健やかなるときも……。

死がふたりを分かつまで。

このフレーズの続きは、「愛し、慈しみ、貞節を守ることをここに誓います」だ。破るつもりはなかったと一馬は言った。

貞節……。

一馬はどのくらいの間、守っていてくれたのだろう。再婚こそしていないけれど、恋人くらいはいただろうか。一方、ゆりえは一馬が恋しくてデートひとつできないでいたし、おそらく一生一馬との思い出を引きずりながら独り身でいるのではないかと思っている。それでいいと納得さえしていた。

でも、同じことを一馬に期待する資格はない。

「全部、俺がしたくてやったことだ。君の助けになったのならよかった」

一馬は静かにそう言った。

「あと車も」

「ああ……あれのお陰ですぐ君の居場所がわかった」

「もう、あのときはびっくりしましたよ。いきなり後部座席に乗り込んできて、強盗かと思ったんですから」

一馬は小さく笑い、そのあとしばらく黙った。

今夜はこれから同じ寝室で夜を明かす。今夜だけじゃない。これから先の二ヶ月をふたりは再び夫婦として過ごす――少なくとも、夫婦のフリをしながら過ごす。

体の奥に官能の記憶が蘇った。

心も体も一馬に愛されていた日々の追憶。彼の指に溶かされて、彼の声に癒されて、彼のモノに満たされる喜びに溺れた。

もし……。

もし、今、誘われたら……ゆりえは断れるだろうか。そもそも断りたいのだろうか?

「そろそろ中に入ろうか」

ゆりえの気持ちを映したように一馬がそう提案する。

別にベッドに入ろうと言われたわけじゃないのに、首筋のあたりが緊張に粟立った。

ゆりえはなんとかうなずいて、テーブルの上のグラスに残っていたワインを喉に流し込んだ。灰赤色の飲み物はじわっとゆりえの緊張を溶かした。

「そうですね……。風邪ひいちゃったら困るし」

「まだ冷えるからな。天気予報では週末は雪が降るかもしれないって話だし」

「ここでも降るんですね、雪」

「当たり前だろ。そんなに積もることはないけど綺麗だよ、この辺に降る雪は。郊外で海が近いからかな」

地球の裏側にいても同じ気象現象が起こるのだなと、当たり前のことなのにゆりえは妙に感心してしまった。一馬と再会した晩も雪が降っていた。

あのとき見た雪はゆりえの心をチクチクと刺した。

ここで一馬や相馬と見る雪も、同じように心をえぐるだろうか……。なんとなくそれはない気がする。でもきっと切ない気持ちになるだろう。

この冬が終わる頃、きっと相馬はもうここにはいなくて、ゆりえは日本に帰ることになる。

その夜。

なにもしないようマリアに釘を刺されているので、あまり家のことはできない。飲み終わったワイングラスをシンクに置いてボトルに残ったワインを冷蔵庫に収めると、ゆりえはしばらく居間で動画配信サービスの映画を眺めていた。

ふかふかで大きな白いソファに靴を脱いで足を乗せ、膝元にはキルトをかける。壁にはめ込まれた液晶テレビは大画面の最新型で、まるでちょっとした映画館にいるみたいだった。

この広々とした居間には、暖炉前にアンティーク椅子や革張りソファが置かれたちょっと男っぽい一角と、液晶テレビと柔らかい白のソファ、そして北欧風コーヒーテーブルの置かれたフェミニンな感じのコーナーがある。

相馬がいるとどうしても暖炉の前に集まりがちだが、彼がいない今は、こちらのテレビがあるコーナーに足が向いた。

「……そうだ、その件については父に任せているから……ああ、明日、資料と見積もりを送ってくれ……わかった、頼む」

一馬はといえば、一緒にソファに座って映画を見ていたものの、途中で電話がかかってきて、しばらく英語で通話中だ。

ゆりえは一馬の通話の邪魔にならないようテレビの音声を低くしているし、一馬もまた声を抑えて話してくれていた。

家は広いのだからわざわざそんなことをしなくてもいいのに、なんとなくお互い、離れたくなかったのだ。

結局、通話は三十分近くかかった。

やっとグッドナイトと言って一馬がスマホ画面の赤いボタンを押したとき、ゆりえは大きなあくびをしてしまった。

「長々と悪かった。仕事の話で」

「平気ですよ。ご苦労さまです。どこか改装するんですか？」

「ああ、ニューヨーク本店に入ってるレストランをね。あと配管工事を何箇所か……」

一馬はゆりえと同じソファにどかりと腰を下ろした。

一応視線はテレビ画面に向いていたが、きちんと見ているという感じではない。なにか考えごとをしながら片手で髪を掻き上げている。

「ここにいて大丈夫ですか？　マンハッタンに戻る必要があるんじゃないですか……？」

「いや。今のところは大丈夫だよ。親父もいるし、来週の頭に一度行くくらいでなんとかなるだろう」

「そうなんですか」

「ついでに言えば、来週の週末は親父と母さんがここに一泊していく予定なんだ。ゆりえにも早く会いたいと言ってる」

「え。あ……う……。はい……」

「なにその反応は。親父も母さんも、ゆりえが俺達のために離婚を切り出したことはわかってるよ。君には好意しか持っていない。逆に俺が悪者なんだから」

ゆりえは思わず、まじまじと一馬を見つめた。

一馬と彼の両親の関係は良好だったが、同時に淡白でもあって、親子というより歳の離れた仲の良い友人同士のような雰囲気があった。

そんなふうだったから、ゆりえとの結婚、そして離婚についても彼らはあまり干渉してこなかった。もちろん結婚のときは喜んで祝福してくれたが、離婚時はほとんど関わってこないままだったので、彼らがどんな反応をしたのかゆりえはまったく知らない。

「悪者ですか？　一馬さんが？　どうして？」

「君を手放してしまったから」

「でも、でも、わたしと結婚し続けていたらきっと乃木ホテルにたくさん迷惑がかかりましたよ。しかも当時は、祖父が無罪になるとはわかっていなかったんですから。きっと邪魔だと思われて……」

「まさか。俺の家族は君がしてくれたことの意味を全部理解してる。ゆりえは俺達を守ってくれた。だからゆりえには感謝と好意しか持っていないよ。君を邪魔だと思ったりする奴はひとりもいない」

「…………」

「むしろ君をヒーローと崇《あが》めてる。有馬だって君と会うたび、どうして別れたんだってすごい勢いで俺を罵倒してくるんだから」

「ええ……！」

「いや……ゆりえ、あまり俺達を見くびらないでくれ。確かに乃木ホテルは大事だよ。爺さんが築いた大事な帝国だ。従業員だって何千人もいる。でも俺達は、利益を求めるだけの血も涙もない悪魔ってわけじゃない。多少の被害を被ってでも、俺はゆりえを守るべきだったと思ってるんだよ」

ゆりえはあんぐり口を開けて一馬の言葉に聞き入った。

もちろん、一馬の家族に嫌われていると思ったことは一度もない——離婚後も含めて。でも祖父の疑惑後は、乃木ホテルの繁栄を邪魔する障害物として、いなくなってくれてスッキリした、できればもううちの息子に近寄らないでくれ……という負の感情を抱かれているだろうと想像していた。もちろん有馬は別だが……でも彼は若いし……相馬についてはそもそも離婚を覚えていないし、と。

一馬の告白は、ゆりえを安心させると同時に、さらに痛い現実を突きつけてきた。

——それでも、一馬はゆりえを選ばなかった。

乃木家は、一馬がゆりえを守る道を選んでも反対はしなかったかもしれない……でも一馬は、ゆりえが突きつけた離婚をあまりにもあっさりと承諾した。

ひと言……たったのひと言さえも、反対しなかった。

最初から最後まで。

(わたしは……その程度の存在だったってことかな……)

「そう……だったんですか……」

ゆりえはぽつりとつぶやいて、テレビの画面に視線を移した。でももう映画の内容は一切頭に入ってこない。

「そうだよ。だから心配しなくていい。爺さんが君を歓迎するみたいに、両親も君の顔を見るのを喜ぶよ」

一馬もまた画面に目を向けていた。

ソファは十分に大きいが、ゆりえは足を乗せているし、一馬は規格外に長い脚をリラックスした姿勢で開いている。

ほんの少し近づくだけで、相手に触れることができた。

五年前のふたりなら、たとえぴったり寄り添っていなくても、どこか互いの体に触れていただろう。でも今は数センチの隙間に阻まれている。

どちらかが小さな動きをするだけで越えられる距離なのに、どちらもそれを越えようとしない。

ゆりえは、臆病だから。

一馬はおそらく……そもそももうゆりえに興味がないから。

テレビの大画面ではゆりえの選んだ恋愛映画が無邪気に流れ続けている。もちろん途中で困難もあるが、映画はたったの二時間もしないうちにハッピーエンドで終わった。

現実は二時間じゃなにも変わらない。

エンドロールが流れると同時に一馬が大きな伸びとあくびをして、「そろそろ寝ようか」と言った。

ゆりえはうなずくしかなかった。

第五章　デート

眠れるはずがないと思っていたのに、時差疲れとは恐ろしいものだ。

次の朝、目を覚ましたゆりえは、まず窓から降り注ぐ太陽がすでに高く明るいこと、そしてベッドサイドにあるデジタル目覚まし時計がすでに午前十時過ぎを指していることに目を見開いた。

「うそ……っ、どうしよう……」

別に仕事があるわけではない。それどころか家事さえするなと言われている身で、なにに対して遅刻するというわけではないのだが、さすがに昨日はじめて到着したばかりの家で十時過ぎまで寝坊してしまったことに焦りを感じた。

当然、ベッドの片側はすでにからっぽだった。

「一馬さん……？」

上半身を起こして一馬を呼んでみるものの、答えはない。

それでなくても朝型で、じっとしていられないタイプの一馬が、こんな時間まで寝室にいるはずがないのだ。ゆりえは深くため息をついて立ち上がった。

マスターベッドルームについている洗面所でさっと顔を洗い、スーツケースから洋服を取り出して着替える。

足早に一階に下りると、まずハタキを持ったマリアと顔を合わせた。

「おはよう、ミセス・ノギ！」

マリアは朝から元気だった。

朝といっても十時過ぎだけれど。

「おはようございます、マリア。寝坊しちゃってごめんなさい。一馬さんはもう外？」

「ああ、カズマはね、このハンプトンズの家にいるときは午前中のランニングが日課なんだ。そろそろ走り終わって帰ってくるはずだよ」

曲がりなりにも妻だった時期があるのに、今は家政婦の方がよっぽど一馬のことを知っているという事実に、ゆりえの胸はチクリと痛んだ。でもそれを顔に出してマリアを困らせたくない。ゆりえは微笑み、うなずいた。

「わたしのことはゆりえと呼んでください」

もうミセス・ノギではないですから、と言いかけて、もしかしたら相馬に聞こえてしまうかもしれないと気がつく。

「……一馬さんのお母様が来週末にはここに来るって聞きましたから。混乱してしまうでしょう？」

「確かにそうだね。じゃあ、ユリエと呼ばせてもらうか。朝ご飯はダイニングテーブルの上にあるよ。コーヒーメーカーの場所はわかるね？　わたしが淹れようか？」

「いいえ、そこまでしなくていいですよ。ありがとうございます」

そのままダイニングエリアに入ると、テーブルの上にカットされた果物やシリアルが用意されていた。

すぐ隣に繋がっているキッチンの冷蔵庫から牛乳を取り出し、コーヒーメーカーをセットしてひとりで朝食を食べはじめる。

テーブルの上には英語だが新聞もあった。

なんとなく手を伸ばしてペラペラとページをめくると、ファッションブランドの広告が目に入った。

（そうだ、洋服とか買わないと……。こっちで揃えるからいいって一馬さんに言い包められて、ほんとに数着しか持ってこなかったから）

徒歩で行ける距離に買い物できる場所があればいいけど……と思うものの、昨日見た延々と続く高級住宅地を思い出し、その可能性が低いことを悟った。

（国際免許は持ってないし左ハンドルだし……一馬さんに車出してもらわないとダメかな……）

そうなると一緒にショッピング……。まるでデートみたいだ。

（だ、か、ら……！　そういう馬鹿なこと考えないの！　あとで傷つくだけなんだから！）

朝食を終えるとコーヒーカップだけを持ち、玄関前のポーチに出た。家の中はすでに温かいから、頬を撫でる外気の冷たさが鋭くも心地いい。

ポーチの椅子のひとつに相馬が座っていた。サムはいなくて、ひとりだ。

「おはようございます、相馬さん」

コーヒーカップから立ち上る湯気と香りを鼻腔に感じながら、元夫の祖父に声をかけた。

相馬は顔だけゆりえに向けて、いかにも彼らしいちょっと皮肉っぽい微笑を見せた。

「おはよう、昨晩はよく眠れたかな？」

「はい……。ちょっとまだ時差ぼけがあったみたいで、寝坊しちゃいましたけど」

「わしの馬鹿孫が君を疲れさせたのでなければいいが。そちらのほうは大丈夫だったかい？」

――そ、そちらのほう？

ゆりえが一瞬うろたえていると、相馬は人差し指をツンツンと上に向ける仕草をした。

「昨夜は二階が静かだったんでな。久しぶりの夫婦の夜でうるさくなるだろうと、耳栓まで用意しておいたのだが」

「そ、相馬さん……っ」

「別にわしに遠慮する必要はないよ。言った通り耳栓を用意してあるからな。まあ、サムも気にしないだろう。あれでも既婚者なんだ」

相馬はさらりと言ってのけた。

こんな……(元)夫の祖父に、(ありもしない)夫婦関係についてあけっぴろげに聞かれる心の準備はしていなかった。

ある意味セクハラであるのに、相手が相馬だとなぜか腹は立たないのだ。あっけらかんとしているからだろうか、一種の人徳だろう。こういうところは一馬も相馬にそっくりだ。

「聞き耳を立てるなんて大人げないですよ」

「八十七などまだまだ子供みたいなものさ。君もこの歳になればわかるよ」

「そうでしょうか?」

「そうさ」

相馬は視線をフロントヤードの先に移した。深い皺がいくつも刻まれた肌は確かに年相応だったが、その瞳は今でも凛々しく輝いている。

末期癌……そして認知症を患いはじめているというのに、彼の視線はそんな鈍重さを一切感じさせなかった。

相馬がじっと門を見つめているので、ゆりえもそちらに目を向ける。

すると、ちょうど一馬がランニングを終えて門の外に現れた。

相当ペースを上げたのかもしれない。一馬は肩を揺らしながら大きく深呼吸をして、鉄格子の門を両手で掴んで息を整えていた。

「君と一馬など、まだまだ赤ん坊みたいなものだ」

そんな孫を見つめながら、相馬がぽつりとつぶやく。ゆりえもまた一馬から目を離せずにいた。

ランニング用のジャージがこれほど様になる人間は少ないだろう……。肌に汗の光る一馬は遠目にも男の色気に溢れていて、たとえ半年でもこの男性と結婚していた自分の幸運を感謝したくなるくらいだった。

もし……祖父の事件が起きなかったら……ふたりはきっと今でも……。

「……五年くらい、長い人生では一瞬のことに過ぎない。君達にはまだまだ一緒にいられる未来がある。それを忘れないでくれ」

ゆりえは驚いて相馬に顔を向けた。

五年間の離婚期間を相馬は覚えていないはずでは――？

「相馬さん……。わ……わたし達、結婚六年目ですよ……？」

「おお、そうだったな。どうも痛み止めのせいで時々頭が朦朧とするんだ。失礼。忘れてくれ」

息を整え終えた一馬が、門を開けて駆け足でこちらに向かってくる。

彼の吐く白い息がハンプトンズの空に立ち上っていく。

ゆりえはコーヒーカップを胸に抱えたまま微笑んで、彼を迎えた。

「おはよう、ゆりえ。もっと寝ててもよかったのに」

「もう十時ですよ。これ以上寝てたら体が痛くなってきちゃいます。それにお腹も空いたから」

ポーチの階段を上ってきた一馬と、そんなやり取りをする。これは夫婦のフリだ——そうでしょう?

なのにどうして、こんなに自然に感じるの?

一馬はゆりえの前にくると彼女の腰に腕を回して、グッと引き寄せた。そしてチュッとおでこに小さなキスを落とす。

——そう、おでこに。

——だって口にはしないと、約束してくれたから。

ゆりえの手から滑り落ちそうになるコーヒーカップを、一馬がしっかりと握った。そしてカップの中身を見て、一馬はわずかに顔をしかめた。

「そういえば、ここには普通のドリップコーヒーのメーカーしかなかったな。あとでちゃんとしたエスプレッソマシンを買いに行こうか。ゆりえの好きな、泡が作れるやつ」

「え! いいですよ、高いですから」

急に、マンハッタンの一馬のマンションにあったエスプレッソマシンの存在を思い出す。一馬本人は宝の持ち腐れだと言ったそれを、ここでも買おうと言い出す……。

ゆりえのために。

（まさか、マンハッタンのあれもわたしのため……？）

（……なわけないでしょう！　もう！）

「エスプレッソマシンはいいですけど、少し洋服とか……自分用のシャンプーとか買い揃えたくて……。この辺で買い物できる場所ってどこですか？」

「んー、イースト・ハンプトンズのメインストリートかな。シャワー浴びたら車出すよ」

「もしバスとかあれば、ひとりで行けますよ」

「ゆ・り・え」

「……一馬さん」

ふたりのやりとりを、相馬はそっぽを向いて見て見ぬフリをしている。

「爺さん、気分は？　外に出るときはサムも一緒にしてくれと言っただろう？」

一馬がそう話しかけても、相馬はひょいと肩をすくめるだけだ。怒られるのを予想していたようだ。

「ポーチに出てくるまでは彼が手伝ってくれたさ。ただのんびり静かにしたかったから、しばらく下がらせたんだ」

「なにかあったらどうするんだ」

「どうとでもなるさ。所詮は人間、永遠には生きられないんだ」

「爺さん！」

ランニング直後で気分が昂まっていたせいもあるだろう。一馬は苛立たしげに声を上げた。

逆に相馬は穏やかで落ち着いている。

「孫よ、わしなどに構っていないでさっさと妻の願いを叶えてやれ。妻に服とシャンプーを不自由させるような男に育てた覚えはないぞ」

「言われなくてもそうするよ。ただ、外をウロウロするならサムと一緒にしてくれ。そのために金を払ってるんだから」

「わかった、わかった。いいから、さっさとその臭い汗を洗い流してこい。ゆりえに嫌われたいのか」

相馬の指摘に、一馬は「え」という間の抜けた声を漏らして、汗の滲んだ脇の下の匂いをクンクンと嗅ぐ仕草をした。

一馬の名誉のために言わせてもらえば、彼はおそらくきちんとデオドラントを塗っていたし、冬なのでそれほどの発汗量ではない。ちゃんと無臭だ。まぁ、多少は匂うかもしれないけれど、心地いい人肌のそれという程度だ。

でも一馬の反応がなんだか可愛らしくて、ゆりえはクスッと笑ってしまった。

「くそっ、わかったよ！」

そう言い捨てると、一馬は大股で家の中に入り、そのまま二階まで駆け上がっていった。その長い足を有利に使い、二段抜かしで階段を上っていく音がポーチまで響く。掃除中のマリアがそんな一馬に「また、拭いたばっかりの床を汚して！」と抗議の声を上げているのも聞こえてきた。

ゆりえは笑いを止められなくなった。

そんなゆりえを見て、相馬もうっすらと微笑んでいる。

「もう……一馬さんをいじめないであげてください。可哀想じゃないですか」

「ふん、あれを見ていると、孫というより昔日《せきじつ》の自分を見てるような気分になるんだ。つい、な。奴だって自分の未来を見ているように思えて口が悪くなるんだろう」

「それは……」

と、ささやいて、相馬の言葉が妙にしっくりくることに気がつく。

「そうかもしれませんね」

ゆりえは認めた。

「君だってわしを見て、五十年後の一馬を想像しているはずだ。自分の夫はこんな頑固爺にな るかもしれないと戦慄しているんだろう？　違うかい？」

「確かに……違わないです。でも怖がったりはしてませんよ。もしその頃まで彼と一緒にいられたら……素敵だなって思います」

相馬が相手だと、ゆりえは危ういくらいに心の内をさらけ出してしまう。何重にもオブラートに包んで守っていた心を、あっさりと開いてしまいそうになる。

そう遠くない未来に、もう会えなくなってしまうとわかっているからだろうか。

それとも、一大ホテル帝国を築いた男の誘導尋問が巧みだからだろうか。

相馬はゆりえの答えに満足したように、ゆっくりうなずいた。

「ぜひそうしてやってくれ」

真剣で、深みと重みのある声だった。

ゆりえがなにか言おうと口を開きかけたとき、ちょうどサムが玄関から外に出てくる。

「カズマに怒られてしまいましたよ。だからあなたを独りにしておけないと言ったのに」

両親がスリランカからの移民だという彼は、完璧な東海岸風の英語を使う。相馬の隣にゆりえがいるのを見ると、にっこり笑ってゆりえに挨拶した。

「おはようございます、ミセス・ノギ」

「おはようございます、サム。あの、マリアにも言ったけど、わたしのことはゆりえって呼んでください」

「そうか、じゃあそうさせてもらいます。ユリエ、カズマ、ソウマ……日本語の名前は綺麗だな」

そんな罪なき穏やかなサムとゆりえの会話に、しかし相馬はチッ、チッと舌を鳴らして割り入ってくる。

「サム、わしの孫はことゆりえに関する限り、酷く嫉妬深い。寝室に毒を仕込まれたくなかったら、あまり彼女に馴れ馴れしくしないことだ」

相馬の口調があまりにも堂に入った真剣なものだったので、サムは「オー、シット！」と叫んで頭を抱えた。もちろん冗談である。

そうこうしているうちに手早くシャワーを済ませた一馬が戻ってきて、本当にサムを鋭く睨みつけたものだから、一同は笑ってしまった。

こんなふうに。

ああ……こんなふうに、いつまでもいられたらいいのに。

どうして時間は止まってくれないのだろう。

＊　＊　＊

一馬が車で連れていってくれたメインストリートは、広々とした歩道に小綺麗な個人経営店が多く連なった、まるで映画のセットのような可愛い通りだった。

（……ていうか、むしろ、ここ本当になにかの映画で見たかも）

さすがのゆりえも大量に写真を撮り、母や高田に送りつけたくらいだ。

車道の脇にある駐車スペースに車を停め、一馬とゆりえは通りを散策する。人通りはそれほど多くはなく、のんびりした雰囲気だった。基本的に避暑地であるここは、冬でおまけにウィークデイとなると途端に閑散とするという。

お洒落なセレクトショップが多く、客足が遠いためかどこに入っても歓待を受けた。

店員のおすすめを聞いて、一馬はポンポンと何着もゆりえに試着させる。中にはカフェやカクテルを出してくれるショップもあって、値札を見るのが怖いレベルだった。

アメリカ行きを頼んだのは一馬なのだから……ということで、ここでの買い物はすべて一馬が持ってくれるという。

「でもそんなに買わなくていいんですよ。マリアが洗濯してくれるし……二、三着、着まわせるだけあれば」

「んー……せっかくなんだし買わせてくれ。ゆりえが色んな服着てるのを見るのは楽しい」

「楽しい……」

「ほら、こっちも。やっぱりカシミアが似合うな。フワフワしてるのが可愛いよ。でもタートルネックより首が見える方がいい。せっかく首筋が綺麗なんだから」

「もう、着せ替えごっこですか？　遊ばないでくださいってば」

と抗議しつつも、着替えをするたびに一馬の色っぽい視線に見つめられることに、胸の高鳴りを隠せなくなっていく。

一時間を過ぎた頃には大量のショッピングバッグが一馬の手に握られていた。

「俺、ゆりえの召使いみたいに見えるかな」

歩道を歩きながら一馬はそんなことをうそぶく。

「一馬さん、一度ちゃんと鏡を確認した方がいいです。どう転んでも召使いって雰囲気じゃないですから」

「それとも奥さんの尻に敷かれた亭主とか」

なんとなく一馬は嬉しそうだった。

「そっちの方がまだ説得力があるかも。あとはジャパニーズ・ヤクザとその愛人とか、ボディーガードとか……」

「サングラスすれば完璧かな。ほら、あるよ」

そして本当にアビエイター・サングラスを取り出した一馬は、颯爽とそれをかけた。ヤクザというより完全にモデルだ……。

ゆりえは笑った。

こうしてふたりで歩いていると、一馬と再会してからの緊張感がゆっくり解けていくのを感じる。一馬は昔と同じように優しくて、明るく振る舞ってくれる。ふたりがすでに離婚しているなんてことは一切感じさせなかった。

だから、ゆりえは誤解してしまいそうになる。

ふたりはまた元に戻れるかもしれないと。もしかしたらゆりえはまだ彼に愛されているのかもしれないと。夢を見てしまいたくなる。

（一馬さんはそういうひとなの。別にわたしは特別じゃないんだから。それを忘れないようにしないと……）

とりあえずショッピングバッグが一馬の大きな手にさえ余るようになってきたので、一旦すべての荷物を車に置いて、十字路に面したお洒落なカフェで休憩することにした。

「俺が注文してくるから、席取って待ってて」

先にカウンターで注文するタイプの店だったので、一馬が注文と支払いをする間、ゆりえは日当たりのいい窓際の席を取って足を休めた。

スマホを開き、時差で真夜中であるにもかかわらず返信してくれていた高田のメッセージを確認する。うわぁ、素敵、とはしゃぐ高田に、お土産の約束のメッセージを送り、静かにスマホを閉じた。

店内を見渡すと、ファームハウス風の落ち着いた内装が広がっていた。お菓子を焼く匂いが甘ったるく充満している。

カウンターに目を向けると、客の列に並ぶ一馬の後ろ姿が見える。

ゆりえはうっすらと微笑んだ。

（日本にいると巨人みたいだけど、ここでは普通に溶け込んでるかも）

もちろんここアメリカでも、一馬は十分長身の部類に入る。でも日本にいたときに感じたような、人並外れた迫力は薄れて見えた。

（まあ、食べるものが一緒だもんね……）

すでに注文を終えた客がトレイに乗せて運ぶスイーツの山を見て、かつて一馬が日本でゆりえを驚かせたあの量は決して異常ではなく、普通に過ぎなかったんだなと納得する。

一緒にアメリカに来るのははじめてではないが、あのときの一馬は仕事に忙しくて、ほとんど街を回れなかったのだ。

当時は……それでもいいや、きっとまた次があるし、と思っていた。

なんて皮肉なんだろう。

確かに『次』はあった――こんな形で。

ゆりえは一馬から視線を外し、空高く太陽の上がった冬の空を窓越しに眺めた。天気はいいはずなのに少し灰色がかっていて、ちょっと物悲しい……。

「やあ。この席、空いてる？」

突然、流暢な英語で話しかけられて、ゆりえは声のした方に顔を向けた。

すらっとした細身の、赤茶色の短髪にわずかなそばかすが頬に散った、二十代くらいの青年がゆりえを見下ろしていた。ちょっと英国の某王子みたいな雰囲気だ。可愛い。

しかし、確かに繁盛したカフェだったが、相席を求めなければ座れないほど混んではいない。

「いえ……一緒に来ているひとがいるんです。ごめんなさい」

「そんな警戒しないで。日本人だよね？　俺、日本語勉強したいなって思っててさ。ちょっとお喋りできたらなって思っただけで――」

「お前は誰だ？」

某王子似の青年の背後から、それこそジャパニーズ・ヤクザそのもののドスの効いた声が響く。

確認するまでもない。ふたり分のコーヒーとスイーツのトレイを持った一馬が、視線だけで相手を切り刻んでしまいそうな目で青年を睨《ね》めつけていた。

ゆりえの連れが一馬だと気づいた青年は、バツが悪そうに頭を掻いた。

「いや、その……ちょっと、日本に興味があってさ、話しかけただけだよ」

「だったら俺も日本人だよ。さあ、一緒に座ろう。ドーゾ」

トレイをゆりえの目の前のテーブルに置いて、一馬はそう青年を誘った。青年を見据える一馬の目つきは、同席を勧めている者のそれではなかったけれど。

案の定、青年は「や、やめとくよ。邪魔しちゃ悪いし」とモゴモゴつぶやいて、カフェの反対端に消えていった。一馬はしばらく青年の後ろ姿を睨んだままだった。

「……一馬さん？」

「ん？」

ゆりえが声をかけてはじめて、一馬はこちらを振り返った。

ゆりえの顔を見ると一馬はすぐに厳しかった表情を緩めたが、拳はまだきつく握られたままだ。彼を落ち着かせたくて、ゆりえは微笑んだ。

「大丈夫ですか？」

「俺はね。ゆりえは？」

「わたしも大丈夫です。エスプレッソ冷めちゃいますから、座りましょう？」

「ああ……」

一馬はとりあえず納得してくれて、ゆりえの前に座った。でもまだ肩を張ったままで、いつものような饒舌さもない。

こういう一馬を、ゆりえは知っている。

彼は明るくて外交的で、基本的にはおおらかなひとだけど、一度怒りや興奮のスイッチが入るととても激しいひとになれる。

ふたりが一緒だった頃は、仕事やプライベートでそんな風に昂ぶった一馬の気性を、ゆりえは全身で受け止めていた。激しくなった一馬に抱かれて、そのすべてを受け入れ、彼が落ち着くまでそっと髪を撫でてあげたりした——時には朝になるまで。

今は、そんなことはできない。

でもあの頃の一馬に与えることのできた癒しの片鱗《へんりん》を、ゆりえはまだ持っていると思いたかった。

テーブルの上で握られている一馬の大きな手に、そっと指先で触れる。

「なにもありませんでしたから。大丈夫です」

「……君をひとりで座らせておくべきじゃなかった」

「………」

「五年も君を放っておいた俺の言う台詞じゃないな。でも、それが事実だ」

どう返事するべきかわからなくて、ゆりえはじっとしていた。ここで『その通りですね』などと言って彼を責めたりからかったりする気にはなれなかったし、かといって慰めの言葉も見つからない。一馬もそんなことは求めていないだろう。

だから、一馬が深く息を吸ったり吐いたりして、落ち着こうと努力しているのをそっと見守っていた。

しばらくすると、一馬はやっと平常心に戻ったようで、トレイの上に手を伸ばした。

「これでよかったかな」

と、葉っぱ型のラテアートが施されたコーヒーカップをゆりえの前に差し出す。

「はい。ありがとうございます」

「どういたしまして。こっちも好きなだけ食べていいから」

一馬自身はいつものエスプレッソを啜りはじめ、フランス風のパティスリー数種が甘いバターの香りを放つお皿を、ふたりの間に置いた。

一馬とゆりえは静かにそれぞれの飲み物を味わった。

しばらくして、一馬がぽつりとつぶやく。

「俺と別れてから、ああいうの、今までもあった？」

ゆりえはパチパチと目を瞬いて、コーヒーカップから口を離す。

「ああいうの？」

「ナンパとか。デート誘われたりとか。告白とか。そういうの」

「ああ……ええっと……そうですね、無ではないですけど……そんなには」

「もうちょっと具体的に」

「ぐ、具体的に、ですか？　多分、そんな、大した数ではないですよ。職場では誘われたりしても断るようにしてるし……合コンとかも行かないし。この歳になると普通告白とかもしないでしょう？　ナンパはされても受けませんよ。知らないひと相手じゃ怖いですから」

「でもされるんだ」

一馬は表面上平静を装ってはいるが、その仮面の下は決して穏やかではない。

なんとなく責められているような気分になって、ゆりえは少しカチンときて、思わず反抗的に口を開いた。

「……別に、わたしがしてくださいって頼んでるわけじゃないです。それに、一馬さんにはもう関係ないじゃないですか」

言ってしまってから、ゆりえは深く後悔した。

一馬が明らかに傷ついた顔をしたからだ。

——確かにゆりえの言は正論である。ふたりはとっくに離婚していて、法的に一馬はもうゆりえの他人で、お互い自由の身だ。あの雪の夜にゆりえの車に乗り込んで来るまで、一馬は連絡ひとつ寄越さなかった。

でも。

でも……ひとの心はそんなに単純じゃない。

ふたりの関係は、ゆりえが彼に三つ指をついて離婚を申し出たあの日で、プツリと綺麗に切れている。別れの喧嘩さえまったくしなかったのだ。

それは救いであり、同時に呪いでもあった。

あの日、一馬は本当にゆりえの言葉を静かに聞くだけ聞いて、無言でうなずくと「わかった」と告げて、家の中に入ってしまった。ゆりえは彼を追うことができず、そのまま茫然と実家に帰った。

数日後、祖父や母の世話で忙殺されているゆりえのところに、弁護士からの最初の手紙が届いて……。

もし派手に別離の喧嘩でもしていれば、彼を嫌ったり憎んだりすることもできたはずだ。でもゆりえにはそれがない。ゆりえと……そしておそらく、一馬にも。

だから、ゆりえの愛はあの日のまま凍結している。厚い氷の奥に閉ざされて、動くことも消えることもできずに取り残されている。

一馬の傷ついた顔を見るのは辛かった。

「ごめんなさい……。嫌なことを言いました」

「ゆりえが謝る必要はないよ。本当のことだから」

「本当でもなんでも、言い方ってものがありますから……」

「それはまぁ、確かにグサッときたけど。勝手に踏み込んだ質問をしたのは俺なんだから、謝らないでくれ」

一馬の長い指が、空になったエスプレッソのカップの縁をスーッとなぞる。たわいないはずの動きに、ゆりえの体の奥が熱く反応した。

――あの指に愛されていたことがある。

あの指がゆりえの感じやすい場所に愛撫を施してくれたことがある……何十回も。何百回も。もしかしたら何千回も。でも今はもうゆりえのものではないのだ。綺麗に爪の切られた一馬の指先を見ながら、ゆりえは胸が締めつけられるのを感じた。

「……一馬さんこそ、どうなんですか？」

「んん？」

「わたしと別れてから、他に彼女とか……恋人とか……さ……再婚、とか……？」

ゆりえが震えた声でした質問に、一馬は大きく目を見開いた。まるでゆりえの気が触れたのではないかと疑っているような驚きようだった。

「まさか」

と、一馬は短く、はっきりと答えた。

嬉しさと羞恥とで、ゆりえはぐっと息に詰まった。ゆりえは嫌味な啖呵《たんか》を切ってしまったというのに、一馬は綺麗さっぱり他の女性の存在を否定してくれた。お前には関係ないと言われて当然だったのに。

「わ……わたしもです」

ゆりえの口は勝手に白状していた。

昔も今も、ゆりえの心に住んでいる男性は一馬だけだと、きちんと伝えておきたくなったのだ。

なにを期待していたのかわからない。希望なんてないのかもしれない。正直になっても、得るものなんてなにもないのかもしれない。でも、言わずにはいられなかった。

「誰も？」

一馬の目が安心したように細められる。端正な顔に浮かべられた微笑に、心が溶けてしまいそうだった。

「はい。誰もいません。そもそも、それどころじゃなかったですし……」

「ひとりも？　本当に？　絶対？　せめてデートくらいは？」

「だから、してませんってば……！　もう、しつこいと嫌われちゃいますよ」

「俺は別に、ゆりえに嫌われなければ他の誰に嫌われても構わないよ。答えてくれ。俺には大事なことだから」

——大事なこと？

「本当です……。こんなことで嘘言っても、しょうがないでしょう？」

「いや、ゆりえはモテるからさ」

「そんなことないですよ。ぱっと見で気に入って声をかけてくるひとはいても、わたし、真面目すぎて……面白くないって思われちゃうみたいで、懲りずに誘い続けてくれたのは一馬さんだけでしたから」

「そりゃよかった」

——よかった？

「君の周りにいるのが馬鹿ばかりで助かったよ。一応有馬からは色々聞いてたけど……まあ、奴も探偵じゃないし」

一馬は見るからにサクサクそうなクロワッサンに手を伸ばし、半分にすると片方をゆりえに差し出した。歩き回ったあとで空腹だったゆりえはつい受け取ってしまう。

端っこを口に含むと、ジュワッとバターの風味が味蕾《みらい》に広がる。

あまりに美味しくて、一馬がなんだか聞き捨てならないことを言った気がするのに、きちんと頭が回らなかった。

「ゆりえが美味しそうになにかを食べてるのを見るのは楽しいな」

片肘をテーブルにつき、手に顎を乗せて微笑む一馬は、明らかに上機嫌だった。

どうして？

どうして？

ゆりえの口の端についたクロワッサンの小さな破片を、一馬の腕が伸びてきてサッと取り払う。触れるか触れないかの一瞬の動きで、ゆりえには身構える隙さえなかった。

「さ、食べ終わったらエスプレッソマシン買いに行こうか」

「まだ諦めてなかったんですか？　いいって言ったのに……」

「残念でした。俺は諦めが悪くてね。心配しなくても買うのは俺だし、日本に持って帰れとかは言わないよ。重いし」

「当たり前です……！」

調子が狂う。

決心が揺らぐ。

どうしていいのか……どう受け止めていいのか、わからなくなる。

ハンプトンズの灰色の空と、バターの香りと、一馬の笑顔と。

相馬との限られた時間と、それと一緒に終わるであろう夫婦のフリと。

ゆりえは一馬と再会した日のあの牡丹雪を思い出した。はらり、はらりと心を刺す、あの冷たさと優しさの混じった白い結晶を。

＊＊＊

こうしてはじまったハンプトンズでの結婚偽装生活は、表面上は穏やかに過ぎていった。

一馬はかなりの時間をパソコンの前かスマホの通話に費やさなければならなかったが、それでもほとんどの時間は家にいた。

ゆりえはマリアとサムを時々手伝いつつ、できる限りの時間を一馬と相馬と過ごした。

（もしかしたら結婚していたときより近いかも……）

と思えるほどの時間を、一馬と共有している。

一度離れてみてわかった、一馬の優しさ。

夫婦でも恋人でもない間柄になってはじめて感じた、彼の紳士ぶり……。ゆりえは、時が重なるごとに一馬への想いが深まっていくのを感じていた。

感じずにはいられなかった。

一方、相馬はといえば、調子のいいときは居間の暖炉の前やテラスに出てきて談笑したり、時には軽く散歩などもしたが、薬や痛み止めが必要になるとサムと共に自室に籠もってしまう。ゆりえや一馬には苦しんでいるところを見せないようにしているのだ。

彼の誇り高さを前に、胸が苦しくなった。

同時に、ああ、一馬は本当に祖父に似ているんだなと……気づいてしまう。

ふたりが別れるとき、一馬はまるで離婚なんて大したことではないように振る舞った。

でもそれは、傷をひとに見せなかっただけなのかもしれない——ゆりえに対しても含めて。

本当は見えないところで涙を流し、寂しさに震えていたのかもしれない。そう思える出来事が、ある夜にあった。


「今回は一泊しかできなくて残念だわ。でもわたし達のところにも顔を見せてね。あなたならいつでも歓迎よ」

ハンプトンズの屋敷に一馬の両親が泊まりにきて、そして帰っていく、昼下がり。

一馬の母である多恵子《たえこ》は、玄関先でゆりえをぎゅっと抱きしめた。

一馬の両親はもちろん裏事情を知っているので、最初は相馬のためのカムフラージュの一環かと思った。しかし多恵子の目尻に涙が溜まっているのを見て、これは本物なんだと気づく。

彼らは本当にゆりえを温かく受け入れてくれた。

緊張しながら迎えた週末は、相馬、一馬の両親、そして一馬とゆりえとで、幸せな時間を過ごせた。誰もが心の中にはそれぞれの悲哀を抱えていたけれど、それでも――もしかしたらだからこそ――満ち足りた特別な週末だった。

「ありがとうございます。そう……できたらと思います。楽しかったです」

気がつくとゆりえの目にも涙が浮かんできた。

多恵子の隣には一馬の父が、そしてゆりえの背後には一馬がいて、父息子はなにも言わずにうなずき合っている。そこには言葉にならない同意のようなものがあった。

結婚していたときは日本に住んでいたので、アメリカ在住の一馬の両親とはあまり交流を持てなかった。一馬はいつも「自分は祖父っ子、弟の有馬が父親っ子」という言い方をしていて、確かに父親と一馬はものすごく仲が良いというわけではないようだった。

でも、この週末で、互いに敬意と愛情を持っているのはきちんと感じられたし、仕事面でも相手を信頼しているのがわかった。

そこに多少の愛着の差はあっても、乃木家の男達は一枚岩なのだ。

だからこそ彼らのビジネスは成功している。

一馬の両親がニューヨーク市内に帰ってしまうと、それまでの生活に戻っただけのはずなのに、空間にぽっかりと穴が開いたような静けさと寂しさが広がった。

「やっと静かになったな。少し休ませてもらうよ」

息子夫婦を見送ると、相馬はそう言ってサムを連れて自室に入ってしまった。

まだ二ヶ月あると思いたいが、もしかしたらこれが息子の顔を見る最後になる可能性だってある。相馬もずっと気を張っていたのだろう。夕食は自室でとるといい、しばらく出てこなかった。


マリアも帰ってしまい、ふたりきりの静かな夕食を終えたあと、一馬はパソコンでビデオ会議をしなくてはならないとのことで寝室に籠もってしまった。

ゆりえはしばらく居間のソファでスマホをいじって時間を潰すことにした。

母親と通話し、高田といくつかメッセージのやりとりをしてから、ハンプトンズの観光情報などを眺める。

一馬の言う通り、この辺りが一番魅力的になるのは夏場のようだ。

いくつか行ってみたいと思う場所の情報を保存し、画面を閉じる。

「ふぅ……。なんか、頭重い……」

なんだかんだいって、ゆりえも疲れているのかもしれない。

ビデオ会議の邪魔はしたくなかったが、そっと入室してすぐにバスルームに入ってしまえば画面には映らないだろう。そもそももう終わっているかもしれない。

ゆりえはできるだけ音を立てないようにして二階に上がった。

寝室の扉の前で耳を澄ますと、話し声は聞こえてこない。もうビデオ会議は終わったのだろうか。そう思って扉を軽くノックしてみる。

返事はなかった。

数秒待ってみたが、やはり一馬の反応はない。

もしかしてもうバスルームを使っているのかも……そう思って、ゆっくりと扉を開ける。そしてゆりえはぎくりと動きを止めた。

煌々《こうこう》と明かりのついた部屋で、一馬はベッドの縁に腰を下ろして背を丸め、手で顔を覆っていた。ノックの音に気づいていなかったらしく、ゆりえが声をかけてはじめてそっと顔を上げる。

「一馬さん……？」

一馬の目は赤かった。

疲れ切ったような表情と、眉間に刻まれた苦悶の皺。

ゆりえは、自分の心臓がみぞおちの辺りまで落っこちてしまったのではないかと思うほど、胸が重くなるのを感じた。

こんな……。

「悪い。なんでもないよ。どうした？」

一馬はすぐにゆりえに向かって微笑んで、背筋を正した。彼は涙の跡を取り繕おうとしたりはしなかった。部屋は明るかったし、隠せるものは少ない。

一馬は別に無理をして微笑んでいるわけではなく、本当にゆりえを見てホッとしたような笑みを浮かべている。

それが余計にゆりえの心を切り刻んだ。

「えっと……疲れたので……そろそろお風呂をいただこうかと思って」

「ああ、どうぞ。使ってくれ。ビデオ会議はもう終わったから、音を気にする必要はないよ」

「ええ。ありがとうございます……でも」

ゆりえが一歩中に入っても、一馬は立ち上がろうとしなかった。

いつもゆりえが使う側のベッドの縁に座って、目線だけでゆりえの動きを追っている。もし気を利かせて空気を読むなら、ゆりえはこのままバスルームに入って、一馬にプライベートな時間を与えてあげるべきなのだろう。

でも、ゆりえはゆっくり扉を閉めてから、その場に立ちすくんだ。

「なに？　どうしたの？　一緒に風呂に入って欲しい？」

ゆりえの緊張をほぐすための冗談だろう、一馬はそう元妻をからかって喉の奥で笑った。ゆりえは一応首を左右に振ったが、もし彼の言う通りになっても抵抗はしなかっただろう。

ゆりえは今も、一馬のことが好きだから。

相馬のための演技に過ぎないこの時間が終わっても、きっと一馬との思い出を胸に、ひとりで生きていくから。

だから、場所なんてお風呂場でもベッドの上でも、どこでもいい。彼が触れてくれるなら……それにしがみつきたかった。

「……一緒に入って、くれますか？」

ゆりえは震えた声でささやいた。

一馬の赤い目が見開かれる。こんな答えは予想していなかったのだろう。当然だ——ゆりえ自身でさえ、自分の口を信じられなかったから。

一馬の端正な顔が引き締まり、彼の体中の筋肉という筋肉が固くなるのを感じた。

ふたりきりの寝室に沈黙が続き、ゆりえの鼓動はどんどん速まっていった。呼吸は浅くなり、体温は上がる。

しばらくして一馬は首を振った。

「止めておいたほうがいいと思うよ。君の……安全のために」

一馬の拳は膝の上できつく握られている。離れた距離からでも、彼の手の表面に浮かぶ血管がくっきり見えるくらいだった。

ゆりえは落胆と恥ずかしさに霧になって消えてしまいたい気分になった。

「わたしとじゃ、嫌ですか？」

「そんなことは言ってない」

「言いました。わかりました。大丈夫です。へ……変なこと言ってごめんなさい。お風呂、入ってきます」

一馬の顔を見ていられなくなって、足早にバスルームに向かおうとする。でも、三歩と進まないところで、一馬が素早く立ち上がってゆりえの前に立ち塞がった。

ゆりえはレンガの壁に突き当たったみたいに立ち往生した。

それでなくても長身で体格のいい一馬が、全身から言葉にならない熱気を漂わせてゆりえの行く手を塞いでいるから。

「俺は嫌だなんてひと言も言ってない」

「い、言う必要なんてありません。わかりましたから……どいてください」

「どかない」

「どいて」

そんな勝者のない押し問答が続いて、明らかに苛立ちを見せはじめた一馬がゆりえの肩をぐっと掴んだ。痛いくらいの強い力だった。

「いいかい？　俺は今夜、君と一緒にシャワーを使ったりはしない。それは、タガが外れて君にとんでもないことをしてしまわないようにするためで、それ以外の理由はない」

ゆりえは反論しようとした……のに、結局できなかった。

なぜなら一馬の……男としての原始的な部分が、固い突起となってゆりえの下腹部に触れたからだ。

求められている証拠をこれ以上ないくらいはっきりと目の前に突きつけられて、反抗の意思を失う。一馬は低いうなり声を漏らしながら歯を食いしばった。

「今夜は俺に近づかないほうがいい。多分……俺は別の部屋で寝るから」

「でも……」

「そんな気分じゃないんだ。親父達も帰ったばかりだし……気持ちの整理がつかないだけだ。でもこれは、ゆりえが悪いんじゃないよ。それだけはわかってくれ。君はなにも悪くない。俺の問題だから」

「……………」

もし、ふたりがまだ本物の夫婦だったら。

ゆりえは即座に否定して、一馬の心の重荷をゆりえにも背負わせてくれと願い出ただろう。

でも今のゆりえにそんな権利はない。一馬が自分から心の中を開いてくれないのなら、ゆりえは覗いてはいけないのだ。

でも。

でも……。

「でも、泣いていたんでしょう……？」

一馬はじっとゆりえを見下ろしたまま、答えなかった。つまり否定はしなかったのだ。

「相馬さんのことで……？」

ゆりえもそっと一馬を見上げて、彼の瞳を探る。

再会してからずっと、一馬はいつものちょっと傲慢で、それでいて明るい落ち着いた振る舞いを続けてきた。

でも、忙《せわ》しない両親の訪問があって、相馬も部屋に籠もってしまう時間が増えていく一方で……弱音を吐きたくなるときだってあるだろう。

「わたしに……なにかできることはありますか？」

「君は一緒にアメリカにまで来てくれた。それだけでもすごいことだ」

「そうかもしれませんけど……。でも、もっと他にも」

「ゆりえ」

ゆりえの肩を握る一馬の力が緩む。

そして、長くて男らしい両腕が、そっとゆりえの上半身を包んだ。

「……確かに、爺さんが弱っていくのを見るのは辛いよ。でも彼は八十七歳だ。四月までもってくれれば八十八になる。大往生だ。好きな仕事をやりたいだけやったひとだし、悲しいとは思わないよ。寂しいとは思うけどね。泣いたりはしないよ」

優しくて、説得力のある口調だった。嘘や強がりの言葉とは思えない。

ゆりえはコクリとうなずいた。

でもそうすると疑問が残る。一馬の涙はなんのために——誰のために——流されたものだったんだろう？

「ひ孫を抱かせてやれなかったのは残念だけどな」

と、一馬はつぶやいた。

相馬のひ孫……。

つまり、一馬の子供。

彼はいつか欲しいと思っているのだろうか。ゆりえ以外の誰かと再婚して、家庭を築いて、相馬にはもう抱かせてあげられないかもしれないけれど、その血を継いだ小さな命を。未来を。

ゆりえは思わず体を固くした。ゆりえを抱く一馬の腕はあくまでふんわりとして柔らかかったけれど、もし逃げようとしたら捕らえられてしまう。そんな気がした。

「じゃあ……どうして？」

さっきまでバスルームに逃げ込もうとしていたのも忘れて、ゆりえは一馬の胸にそっと体重を預けた。

一馬の片手が静かにゆりえの背中をさすって、それから髪に触れる。

すべての動きが自然だった。

「母さんに言われたことを考えてたんだ。ゆりえのいない隙にこっそりね。俺は大きな間違いを犯したと言われたよ」

──多恵子さん……。う、恨みます。

「ゆりえ、俺はすべて良かれと思ってしたんだ。でも間違っていたのかもしれない。君との五年間をドブに捨てて、他の男の影がないかどうか戦々恐々してるピエロになって……」

「一馬さん、いいんです。もう過ぎたことだから……」

「いいや、過ぎてなんかいない。これだけはどうしても知っていて欲しい。俺はすべて良かれと思ってしたんだ。これが最善だと……あのときは思った。すまない……」

一馬の腕の動きが、ふんわりとゆりえを包むだけだったものから、ぎゅっときつく彼女を抱きしめるものに変わる。

顔をぴったりと一馬の胸に押しつける形になって、ゆりえから彼の表情は見えなかった。

ゆりえもそっと一馬の背中を抱き返した。

ふたりはそのまま時間を忘れて抱き合っていた。

たくさんの、名前もつけられないくらい複雑な気持ちが、胸の中でざわめいては消え、消えてはまた現れて心を乱した。

でも一馬は「復縁したい」とはひと言も言わなかった。

つまりはそういうことなのかもしれない……。

後悔する気持ちはある、でももうすべては過去だ……と。

結局、その晩、ゆりえはひとりでお風呂に入った。

夜は、一馬が他の部屋に出ていくことこそなかったものの、大きなベッドの右端と左端にできるだけ遠く離れて、朝まで触れ合うことはなかった。

第六章　雪の朝

次の日の朝、ハンプトンズに雪が降った。

いわゆる粉雪で、はらはらと繊細に舞う白い結晶がゆっくりと着実に大地を白に染めていく。

ゆりえはポーチ越しにフロントヤードを見渡せる一階の窓から外を見つめていた。すぐにガラスが曇るので、時々指でこする必要がある。

「こんな雪の日にまで走らなくていいのにねぇ、まったくカズマってば。滑って大事なお尻をぶつけちゃうよ」

朝食に使われた食器を片づけながら、マリアがぶつぶつ文句を言っている。今朝ばかりはゆりえも彼女に同意したい。

一馬は今朝、まだやっと辺りが白みはじめたばかりの早朝に、ランニングシューズを履いて外に走りに行ってしまった。現在すでに八時近くになるが、彼はまだ帰ってこない。ランニングするときの常でスマホも家に置きっぱなしだった。

普段、彼はもっと遅い時間まで走っているから、心配することはないのかもしれない。でも雪が降りはじめてもなお帰宅する気配がないに至って、ゆりえはだんだん不安になってきた。

「……マリア、一馬さんのランニングコースって知ってますか？」

手にしたマグカップを胸元に抱えながら、ゆりえはキッチンに入ってマリアに尋ねた。

マグカップの中にはフォームミルクたっぷりのカフェオレが湯気を立ち上らせている。そう……一馬は本当にエスプレッソマシンを買ってくれたのだ。

「時々変えるみたいだけど、大抵はまずビーチまで出て海岸沿いを走るコースらしいね。門を出てすぐの交差点を右に曲がって、あとはひたすら真っ直ぐ行けばビーチだよ」

そこまで説明して、マリアは大きな茶色の瞳をボールのようにまん丸に開いた。

「まさか、探しに行くとか言うんじゃないよね？」

「ええ、そのまさかです。雪降ってるから、タオルとか傘とか必要かもしれないし……もし本当にどこかで滑って怪我してたら……」

「そんな馬鹿な！　ユリエまで転んで救急車行きになるのがオチだよ。ただの粉雪だし、まだそんなに積もってないじゃないか」

「でも、滑ってお尻ぶつけちゃうって言ったのマリアじゃないですか」

「もし本当にそうなったとしても、それは無茶したカズマの自業自得だよ。大体あのガタイなら転んでもたいした怪我にはならないさ。なんせ冬眠前の熊みたいに食べるからね」

時々ひと言多いマリアはそう言って、一馬が平らげた今朝のパンケーキを焼いたフライパンを洗っている。

ゆりえはまた外の見える窓辺に戻った。

はらり。ふわふわ。

雪は次第に濃くなっていく。

一馬と再会した晩も雪だった。あのときは一馬がゆりえを見つけてくれた。

なにかが、ゆりえの中で弾ける。

ゆりえは寝室に戻るとクローゼットの中から買ってもらったばかりで箱に入ったままのブーツを出し、コートを羽織り、手袋やマフラーや帽子と、考えられる限りの防寒着を着込んだ。

マリアが洗濯機のあるガレージに向かった隙をついて、玄関に急ぐ。

途中、暖炉前の安楽椅子に座った相馬と目が合った。

「気をつけなさい」

相馬は日本語でそうささやき、微笑んだ。ゆりえはうなずき、駆け足で玄関から出ていった。

「ひゃあ!」

しかし、一ブロック越えただけのところで、ゆりえは向こう見ずな己の決断を後悔しはじめた。

道路は滑りやすい上に歩道の幅がとにかく広い。転びそうになっても支えになるガードレールのようなものが一切なく、ひと通りもないので前の歩行者の足跡を辿るというようなこともできない。

しかも、海岸までの距離は予想以上にあった。

一馬はいつも「少し走ってくる」というような言い方をするので、せいぜい数百メートルを想像していたのに、これではまるでフルマラソンだ。

「つ……つめちゃい……」

舌先まで凍りそうになる寒気の中、それでもゆりえはなんとかノロノロと先に進んだ。よく考えたらすれ違いになる可能性だってある。町並みは基本的に碁盤の目だから、一本違うブロックを使って帰ろうと一馬が判断すれば行き違ってしまう。

そもそも家で待っていれば戻ってきてくれるのに……。

（でも……）

なぜか追わなければならないような気がした。

昨夜の一馬の赤い目が忘れられない。あの抱擁も。あの謝罪も。

持ってきた傘を杖代わりに使い、ゆりえはなんとか海岸までの道を進んだ。

夏場は駐車場さえ予約なしではなかなか見つからないという有名なビーチは、雪の降る二月頭の早朝、まったく人影がなかった——たったひとりを除いては。

どんどん白くなっていく砂浜の中央にまっすぐに立ち、海を見つめている背の高い黒髪の男性の後ろ姿だけが、ぽつねんと浮かんでいる。

ゆりえは冷え込んだ肺の奥から声を上げた。

「一馬さん！」

一馬の背中がぴくりと動いたような気がしたが、彼は振り向かなかった。

ゆりえは厚く積もりはじめた雪をザクザクと踏み締め、一馬との距離をもう少し縮めると、もう一度叫んだ。

「……一馬さん！　なにしてるんですか⁉」

すると一馬はゆっくり肩越しに振り返った。ゆりえを見つけると、一馬の目は驚きに見開かれる。彼の吐く息が白い煙になって宙に上がっていく。

「ゆりえ？」

一馬はまるで幻覚でも見ているのではないかと思っているようだった。一馬はゆりえの方に体を向け直したが、近寄ってはこない。

足はすでにヘトヘトだったが、もうここまで来てしまったからには今さら引き下がれなかった。

「か……風邪、引いちゃいます……っ、そんな、帽子もマフラーもなしで……ひぁっ」

急に足元で舗装されていた道路が終わって、砂浜がはじまったらしい。が、雪に覆われて段差が見えず、ゆりえは足を取られて前のめりに転んだ。顔から地面に突っ込む形になったが、幸い、雪と砂なので痛みを感じることもなく恥ずかしい格好で突っ伏した。

「ゆりえ……！」

一馬の声が妙に遠くに聞こえる。

雪の中は音が響きにくいというのは本当だったみたいだ。

ゆりえがなんとか顔だけ上げると、一馬はすでに目の前にいた。すぐにゆりえを抱き起こし、頭まで被った雪を払いのけるとまじまじと見つめられる。

「いったいこんな場所でなにをしてるんだ？」一馬の声は呆れていた。多分。「雪が降ってるのが見えないのか？」

「ゆ、雪が降ったから来たんです……。もし転んで怪我でもしてたらどうしようと……」

自分で言っていて恥ずかしくなった。まったくの無傷で堂々と立っていた一馬に駆け寄ろうとして盛大に転んだのはゆりえの方だ。

ここまで必死で歩いてきたのであまり感じなかったが、立ち止まると一気に寒気が全身を襲ってくる。

一馬に支えられながら、ゆりえはブルブルと小刻みに震えた。

そんなゆりえを一馬がギュッと腕の中に閉じ込める。

「それは俺の台詞だよ。怪我でもしたらどうするんだ」

なんと答えていいかわからなくて、ゆりえはただ一馬の胸元に顔をうずめた。

ふたりの周囲には静かな粉雪が際限なく舞い降り続けている。冬の砂浜は閑散としていて、あるのは浅瀬の続く大海原ばかりだった。

ひたすらまっすぐに伸びる海岸線を前に、この大陸の広大さを骨の髄まで感じてしまう。

――なんてちっぽけなんだろう、わたし達は。

こうして抱き合ったまま、時が止まって欲しかった。

「どうしてそんなに焦ってたんだ？　俺が入水自殺でもすると思った？」

ゆりえは驚いて顔を上げた。

ザパーン、ザパーンと波が打ち寄せる無人の海岸は、確かに美しくも物悲しい。でも。

「それはさすがに……思いませんでした」

「じゃあ、どうしてこんなところまで来たんだ。危ないだろうが……。確かにこの辺は治安がいいけど、日本じゃないんだ」

「それは……」

雪で立ち往生しているかもしれない一馬を助けたかったから。

……少なくともそれが、ゆりえが掲げた大義名分だった。でもよく考えてみれば、持ち物は傘一本とスマホのみ。一馬の防寒具を持ってきてあげたわけでもないし、なにができるというのだろう。

結局……。

「あ……会いたかったんです。なかなか帰ってこないから……心配になって」

そう素直に認めてしまうと、スッと気が楽になった。

一馬に会いたかった。もっとそばにいたい。離れたくない……五年は長すぎたから。

ゆりえを抱きしめる一馬の腕がさらに強くなった。

一馬が着ているのは厚手のアウトドア用ジャケットだけで、走っているならともかく雪で白く染まった海岸に立ち尽くすには寒すぎるはずだ。風邪を引いて欲しくなくて、ゆりえも自ら彼の上半身にすり寄った。

それだけじゃない。

どちらから動きはじめたのかわからないくらい自然に、ふたりは顔を近づけ合っていた。

白い息が混ざる。

身長差を埋めるために、ゆりえは顔を上げて爪先立ちになり、一馬は背をかがめて下を向いた。五年間、遠ざかっていた行為とはいえ、距離も角度もタイミングもすべて体が覚えていた。

キス。

魂が震えるような、キス。

一馬の唇に息を奪われて、代わりに酔いしれてしまいそうな甘い吐息を吹きかけられる。たちまち膝から力が抜けて、真っ直ぐ立っているためには一馬の腕にしっかり掴まっている必要があった。

「あ……、ふ……っ」

繰り返されるキスの合間に、小さな声が漏れる。

気がつくと、一馬の両手はゆりえの頬を包んでいた。何度も、何度も、執拗なくらいに唇を重ねながら、失われた五年分のキスを取り返そうとするようにいつまでも求められる。

ゆりえも同じくらい貪欲にそれに応えた。

――このキスにどんな意味があるんだろう。

ゆりえは口を開いて一馬の舌を口内に受け入れながら、ぼんやりと考えた。

昨夜の一馬の懺悔《ざんげ》。それでも愛しているとは言われない事実。この仮初《かりそめ》の関係がいつまで続くかわからない焦り……。いろんな感情が頭の中でないまぜになったが、心は素直だった

――一馬が欲しい。

「ん……ぁ……」

唾液が絡んで、クチュ、という水音がいやらしく鳴った。

「ゆり、え」

一馬の声がかすれているのは、きっと寒さのせいだけじゃない。

このキスを一回と数えるのか、百回と数えるべきなのかわからない。そのくらいキスを重ね続けたあとで、一馬の手がゆっくりとゆりえの体を辿って下りていく。

片方の腕でぐっと腰を引き寄せられ、もう片方の手でコート越しに胸を掴まれた。

「……っ……ぁ――」

冬の衣類に何重にも守られた乳房なのに、一馬の手に包まれて圧力をかけられただけで、先端がぴくりと反応してしまう。

さするように胸をまさぐられて、ゆりえはひくついた。

この先になにがあるのか知っている。一馬の愛撫がどれだけゆりえを溶かしてくれるか、細胞の隅々までもが覚えている。

こんな場所なのに……雪に埋もれつつある外国の大地の先端で……体の芯が熱くなって、思わず腰をくねらせてしまう。こんな背徳があるなんて。

でも止められなかった。

「ゆりえ……ここで俺に抱かれたくなかったら……」

帽子の下にあるゆりえの耳たぶを甘噛みしながら、一馬がささやいた。低くて男らしい声が帽子の隙間に反響して、ゾクッとするような色香が加わる。

「ん……っ」

「そんな声を……出すべきじゃない。そんなふうに……俺に応えるべきじゃない……」

「で、も……」

「帰ろう。帰らないと……この雪の上で君を裸にしてしまいそうだ……くそ」

一馬は歯を食いしばりながら、ゆっくり顔を離した。マラソンを終えたあとのように天を仰いで大きく深呼吸する。

「一馬、さん」

「ゆりえ、携帯持ってる？　貸してくれ」

一馬の声が急に事務的になった。まるでスイッチを押したみたいに雰囲気が切り替わる。ゆりえもまた反射的な動きでコートのポケットからスマホを取り出して一馬に手渡した。

一馬は素早く誰かにダイヤルして、短い英語の通話を終えた。

「タクシー呼んだから。すぐ来るよ。歩道まで出よう」

＊　＊　＊

そうしてふたりで家まで帰った。マリアに小言を言われつつ、相馬に意味ありげな視線を投げかけられて、寝室のバスルームへ向かう。

一馬はすぐバスタブに熱いお湯を張って、ゆりえを手招きした。

「早く入って。風邪を引く前に」

日本と違って、バスルームにはバスタブもシャワーも洗面台も、ついでに言えばトイレまで同じ空間に配置されている。

一馬は洗面台の横に立ちバスタオルで頭を拭いていた。そしてゆりえにバスタブに入れと言う……。つまり……。

「み……見てるんですか……？」

洗面台の鏡に真っ赤な顔をした自分が映っている。ゆりえは渡されたバスタオルで顔を半分隠して、究極の質問をした。

「見てもいいなら……」

一馬の返答の声は、いつもよりさらに一オクターブ低かった。

「それは、その、えっと」

ゆりえは昨夜のことを思い出した。一緒にお風呂に入ってくれますかというゆりえの懇願を、一馬はやんわりと断った。それなのに昨日の今日で再び同じことを聞くのは、さすがにプライドが傷つく。ゆりえにだって自尊心というものがあるのだ。

ゆりえが口籠もっていると、一馬は深いため息と共に頭を振った。

「俺は外に出てるよ。必要になったら呼んでくれ」

去り際に、美味しいご馳走をおあずけにされた忠犬のような目でゆりえを見つめて、一馬はバスルームから出ていった。

必要になったら呼んでくれということは、少なくとも彼は寝室に留まったままでいるつもりだということだ。ゆりえは安堵とも落胆ともつかない妙な脱力を感じた。

着々とバスタブに溜まっていくお湯と湯気を眺めていると、冷えた体が温まりたいと叫びはじめる。

バスルームの扉がきちんと閉まっているのを確認して、ゆりえは服を脱いだ。

そしてゆっくりとお湯に浸る。

このバスルームは防音ではないから、蛇口やシャワーの音は寝室まで聞こえてくる。一馬に聞かれているのだと意識しながら、ゆりえはキュッとお湯を止めた。

……静かだ。

心のどこかで、ゆりえは一馬が入ってきてくれることを期待している。雪の海岸で触れられた体は、熱を孕んでうずいていた。

(でも……わからないの。一馬さんに求められてるのか、それともわたしだけが空回りしてるのか……)

ゆりえは一馬を知っている。本心を隠したりするひとじゃない。はっきりと声に出して求められないということは、求められていないということだ。そんなふうに真っ直ぐで、ある意味シンプルなひとだから。

ゆりえはバスタブの中の自分の体を見つめた。火照った裸体が湯船の動きに合わせて揺らめいている。胸の頂が……普段は浅く沈没しているそこが、濃い桃色に染まってピンと立っている。体は素直だ。

冷えた足の甲までがすっかり温められると、ゆりえは満足のため息を漏らして、湯船から立ち上がった。隣のシャワーでたっぷりボディソープを使って体を洗い、バスタオルで体を包む。

決心と呼ぶには心許《こころもと》ないけれど、でも確実に迷う心は消えていた。

ゆりえがバスタオルを上半身に巻いただけの姿でバスルームの扉を開けると、一馬は立ったまま硬直した。

「ゆりえ……」

一馬はそれ以外の単語をすべて忘れてしまったかのように、恍惚《こうこつ》と元妻の名を呼んだ。

ゆりえはすとんとバスタオルを床に落とした。

「抱いて……ください。今日だけでいいの……一度だけ」

ショーツさえ身につけていない、生まれたままの姿を一馬にじっと見つめられる。

もう戻れない。

抱かれても抱かれなくても、きっとゆりえの心は痛む。でもどうせ苦しまなくてはならないなら、後悔だけはしない方を選びたかった。

一馬の髪はまだ湿り気がある。

濡れたジャケットはすでに脱いでいて、カジュアルな厚手の白い長袖カットソーを着ていた。寝室は十分に温められているとはいえ、一馬はまだバスタブもシャワーも使っていない。

「お風呂、使ってください。待ってますから……」

ゆりえがバスタオルを落としたのと同じように、一馬も髪を拭いていたバスタオルを投げ捨てるように床に落とした。

たったの数歩でゆりえの前に立つと、一馬はぐっとゆりえを抱き寄せて唇を重ねた。

海岸でのキスより性急で、それでいて優しい。

ゆりえは自ら裸になっているのに、一馬はまだ服を着ている。まだ午前中で部屋は明るく、一階には相馬もマリアもサムもいた。

でも……。

「お……お風呂は……」

「それが新手の拷問なら、君はなかなか残酷だよ。冗談じゃない……」

一馬に背中の素肌をまさぐられて、ゆりえの中の雌にさらなる火がつく。長身の彼のキスに合わせるためには爪先立ちする必要があった。そのせいでバランスを崩して、胸が一馬のシャツにぐっと押しつけられて、擦れる。

「ふ……っ」

誘うような甘い声が漏れる。

体の軸がなくなってしまったみたいに立っているのが難しくなった。そんなゆりえの体を、一馬の腕が抱き寄せる。

「いいんだな……？」一馬は確認した。「後悔はさせたくない」

「後悔はしません……。しても……かまわない、から」

一馬の唇はゆりえの首筋に移った。

耳たぶの下から鎖骨にかけてを舐めるようになぞっていくその感触に、ゆりえはぞくぞくと震えた。迷う気持ちが残っていたとしたら、それはこの瞬間に消えた。

一馬の口がぱくりとゆりえの胸を咥えると、たまらない刺激が五体を駆け抜ける。

「ふぅ……っ！　あ、ぁ……あんっ！」

舌の先で、すでに熟れて膨らんでいる蕾を転がされる。さらに前歯でかりっと甘噛みされて、先端をなぶるように舐め尽くされて、ゆりえの理性は溶けていった。

なんとか声が漏れないようにしたいのに、歯止めが利かない。

そんなゆりえの口に一馬の親指がするりと入った。

「ふ……っ……ぁん」

思わず吸いつくようにしゃぶってしまう。すると、声がくぐもって小さくなった。唾液が溜まってくるのに飲み込み切れなくて、細い線を描いて頬から顎に垂れていく。

「白い」

日焼けしにくい色白のゆりえの肌を味わいながら、一馬がささやく。

「柔らかくて……感じやすい」

「う……ぁ……、はぁ……は……っ」

口から指を抜かれ、そのまま舌だけでなく胸の蕾を転がされて、ゆりえはあえいだ。つつかれて、摘まれて、ぎゅっと潰されて……感じやすいそこはさらに膨れて全身に快感を流し込む。

ゆりえは首を反らしてびくびくと小刻みに痙攣した。

「ん……ぁ……ふぅ……」

ひとの言葉を忘れてしまったみたいに、きちんと喋れなくなっていく。

ゆりえの胸が敏感なのを一馬はよく知っているから——そしてよく覚えているから——時間をかけて執拗なくらい丹念に愛撫する。ゆりえの太ももの間に愛蜜が垂れはじめた頃を見計らって、一馬は彼女をベッドの上に運んだ。

そしてまずシャツを脱ぐ。

大人の男の色香に溢れたたくましい上半身が現れ、ゆりえに覆い被さった。

よく弾むマットレスと柔らかくて清潔なシーツ、そして大きな枕を背に、ゆりえはもどかしく背を反らして一馬を求めた。

「一馬さん……」

「あまり……優しくはしてやれそうもない……」

額に汗の浮かんだ一馬の顔を、ゆりえは両手で包んでうなずいた。

「いいの……。優しく……なくても、いいから……一馬さんで……わたしをいっぱいにして」

一馬がごくりと息を呑むのがわかった。彼の顎がぐっと引き締まる。ゆりえはかつて伴侶だった男の頬をそっと撫でた。

「そうさせてもらうよ」

一馬はかすれた声で答えた。

そこから先は濁流だった。ゆりえは溺れ、深い水底に落とされながらも、五年分の渇きを体いっぱいに満たしていく。

覚えている通りだと思う感覚もあれば、まるではじめてのようにゆりえを戸惑わせる体感もあった。繰り返される愛撫に体が震え、一馬の唇がゆりえの肌を這うたび、目蓋の奥に新しい星が生まれる。

ゆりえの裸体にいくつものキスマークを残した一馬は、くぐもったうなり声を漏らしながらつぶやいた。

「やっと本物の君を抱ける……。想像なんかじゃなく」

「あ……っ、……ぅあ……んっ」

やがて一馬の手がゆりえの秘部に伸びて、控えめな陰毛に隠された花弁を探し当てる。ぐっと指で蕾を押されたとき、ゆりえはその快感の大きさに目を見開いた。しっかり濡れているそこは、懐かしい官能を求めてひくついている。

「俺が欲しいんだな」

一馬のつぶやきは、意地悪でもエゴでもなんでもなくて、ゆりえに対する事実の確認だった。ゆりえはこぼれそうになる涙を堪えながら、素直にうなずいた。

「はい……」

「俺もゆりえが欲しい。ずっと求めていた。この肌を。その声を。君のすべてを」

一馬の指が、ずぷっと容赦なくゆりえの蜜道に浸入する。

「んぁ……っ！　あぁ！」

すぐにゆりえの感じやすいスポットに到達すると、一馬はその一点を削ぐように強く刺激する。ゆりえはガクガクと震えた。もう涙は我慢できず、目尻からポロポロと溢れ、切ない声と一緒にゆりえは乱れた。

一馬のなすがままだった。

でも、ゆりえは満たされていった。

ツンと鼻を突く塩っぽい匂いがして、ゆりえの体は懐かしさと期待にますます感じやすくなっていった。いつのまにか一馬の雄芯の先に、欲望の証であるぬめりが光っていた。

「悪い。そんなには……保たないかもしれない……」

余裕をかなぐり捨てた一馬は、ゆりえの中から指を引き抜くと、突進するような勢いでナイトスタンドの棚を開けて避妊具を取り出した。みずからの雄にゴムを装着しながら、一馬は「くそっ」と悪態をつき、すぐにゆりえの元へ飛んで戻ってくる。

まるで高校生みたいで……可愛い……なんて言ったら、一馬は傷つくだろうか。

でも、いつもスマートだった彼がこんなに慌てるのは、彼にとってもこの行為が本当に五年ぶりである証拠かもしれない。そう気づくと、胸が苦しいくらいの愛が溢れた。

一馬の先端が蜜口にあてがわれる。

ゆりえがこくりとうなずくと、一馬は真っ直ぐに最奥を目指して侵入した。一気に貫かれたゆりえは思わず背を弓なりに反らして痙攣する。

一馬の肉棒の大きさと力強さを、忘れていたわけじゃない。でも、久しくなにも受け入れていなかった膣に屹立を深く沈められ、奥を突かれ……ゆりえはあえいだ。

「わ……わたし、も……すぐ……ぁ……いっちゃ……ぅ」

「ゆり、え……」

「……ぅ……」

一馬が腰を動かしはじめると、絶頂はすぐに近づいてきた。

我慢なんてできなかった。逃げ道なんてどこにもない。ふたりはただ互いの温もりに溺れ、欲望の虜になって快感を求めた。ベッドが軋み、肌に汗がにじむ。技巧とか、恥じらいとか、そういったものはみんな忘れ去られて、まるで動物のような原始のまぐわいに身を委ねる。

「ぐ……っ！　ああ！」

一馬の吐精は性急だったが、長くて熱かった。避妊具越しにさえ、ドクドクとほとばしる白濁を感じた。痛いくらいにギュッと抱きしめられて、最後の一滴まで注ぎ込まれる。

——もちろんそれははじまりにすぎない。

ふたりは何度も体を重ねた。昼がきて雪がやむまで……ずっと。

第七章　心を決めて

「ふぅ……」

まだ一日ははじまったばかりだというのに、すでに何度目かわからないため息がゆりえの口から漏れる。

手元には、毎朝の贅沢習慣となったフォームミルクたっぷりのカフェオレ。

ゆりえはこちらでブレックファーストカウンターと呼ばれるキッチンの端についた小さなカウンター席に座って、マグカップから立ち上る湯気を見つめていた。

――一馬に抱かれてから、すでに一週間。

あれ以来、一馬に避けられている。もちろん相馬がいるときは夫婦のフリをしてくれているけれど、一度ふたりきりになると、一馬はなんだかんだと言い訳を見つけてゆりえと距離を置きたがった。

（不本意……だったのかな……）

男のひとは愛情がなくても女を抱ける……というのは耳が痛くなるくらい聞かされる現実だ。一馬は誠実だが聖人君子ではないし、いきなり目の前で裸体の女に求められれば、断る理由もないだろう。

（だったら、一回限りの遊びって割り切ってくれればいいのに……どうして避けるの？）

（わたしに復縁を求めてきて欲しくないから、逃げてるとか……？）

どんどん思考が暗い方へ引きずられていくので、ゆりえは嫌々をするように首を振った。

本当は一馬に直接聞けばいいのだ。

でもゆりえは臆病でそれができないでいる。

すでに一週間が過ぎたというのに、ゆりえの秘所はまだひりひりとした違和感を訴えることがある。そのくらい激しく、一馬はゆりえを抱いた。何度も。角度や体勢を変えて、ゆりえの奥に熱い杭を打ち込んだ。

後悔はしない……たとえしたとしても構わないと言ったのは自分なのに、やはりゆりえの心は重かった。

　矛盾ばかりだ。

　ゆりえも、一馬も。

　ことんとマグカップをカウンターの上に置いて、庭を見渡せる小さな窓から外を眺める。雪はもうとっくに溶けてしまっていた。それと一緒に、雪の中では熱く燃え上がった一馬の気持ちも、溶解してしまったのだろうか……。

　ゆりえはまだこんなに熱を持て余しているのに。

ぼうっと物思いにふけっていたせいで、一馬が階段から下りてくるのに気がつかなかった。

「ゆりえ？」

慌てて顔を上げると、寝室でビデオ会議をしていたはずの一馬がスーツ姿で立っている。

「一馬さん？　どうしてスーツなんですか？」

「急なんだが、どうしても今すぐマンハッタンに戻らなきゃいけない仕事ができたんだ。多分向こうに一、二泊するから」

「え」

どんな顔をしてしまったのだろう。

一馬はゆりえの反応を見て緊張したように表情を固くした。

ハンプトンズに着いてからずっとカジュアルな服装ばかりだった一馬の、久しぶりのスーツ姿は男らしくて魅力的だった。

ときめきと不安が同時に揺れる。だって、ハンプトンズでは一馬はゆりえだけのものだ。彼はゆりえの夫のフリをしなければならないし、マリア以外に女性がいるわけでもない。でもマンハッタンは違う……きっとゆりえの百倍も素敵な女性が山のようにいて、一馬のような長身ハンサムな御曹司を放っておくわけがない。

「わたしも……行った方がいいですか？」

すがるような口調にならないよう気をつけたつもりだったが、成功したとは言いづらい。

一馬は一瞬口をつぐんで、それから穏やかに答えた。

「もし来たいなら……。ただ、俺は仕事漬けでほとんど会えないと思う。観光するにはまだ少し寒すぎるし」

まるで来て欲しくないと言いたげだった。

もしくは、ゆりえが悲観的になりすぎてそんなふうに聞こえてしまっただけかもしれないけれど、諸手《もろて》を挙げて賛成されていないのだけは確かだ。

ゆりえは心臓が床にぼとんと落ちてしまったような落胆を感じた。

「わかり……ました。相馬さんのことも心配だし、わたしは残ります」

「ゆりえ」

「な……なにかお土産買ってきてくださいね。マンハッタンのグルメを検索して、食べたいなって思うのがいくつかあったんです。メッセージで送りますから」

ゆりえは急いでカウンターのスツールから立ち上がった。このまま一馬の顔を見ていたら泣いてしまいそうだ。それだけは避けたい。

ゆりえはマグカップをカウンターに残したまま、一馬の横をすり抜けて二階に駆け上がった。

一馬に名前を呼ばれた気がする。

でも、彼がゆりえを追いかけてくることはなく、しばらくするとガレージで車にエンジンがかかる音がして、一馬はハンプトンズの邸宅をあとにした。

カウンターの上ではフォームミルクが静かに冷たくなっていった。


一馬がマンハッタンに戻ってしまったその日は、たまたまマリアの休暇日だった。

いつも元気な家政婦がいないのは寂しかったが、同時に気の紛れるやることができて、ゆりえは黙々と家事をしながら一日を過ごした。

「明日、やることがなくなったとマリアに叱られるぞ」

早めの夕食の席で、ゆりえの作った日本食を前に相馬はそうからかった。

が、ここ数日どんどん食が細くなっていくにもかかわらず、相馬はゆりえの手料理をいつもより多めに食べてくれた。もちろんマリアの料理は美味しいし、アジア人の舌に合うようスパイスを減らした味付けにしてくれている。でも結局、ひとは故郷の味に戻るものだ。

ゆりえは曖昧に微笑んだ。

相馬の隣にはサムがいるが、彼は物静かで黙々と食べているだけなので、ふたりは日本語で会話しはじめた。

「……一馬が恋しいかね？」

嘘をついても仕方がない。そもそもゆりえは一馬の妻のフリをするためにここにいる。

ゆりえはうなずいた。

「一晩だけなのに、だめですね。こんなんじゃ」

「なぜそう思う？　愛しているなら離れるのが辛いのは当然のことだ。一馬だって君と会えなくて落ち込んでいるところさ」

「それは……どうでしょう」

一緒に行った方がいいかと聞いたゆりえに難色を示したのは一馬だ。断られたわけではないけれど、一緒にいたいという感じではなかった。そもそもこの一週間避けられていたし……。

むしろ、会わなくてすんで清々しているかもしれない。

啜っていたお吸い物をテーブルの上に戻して、ゆりえはうつむいた。

相馬がじっとこちらを見ているのを感じる。強い痛み止めのせいか時々朦朧としていることもあったが、普段の相馬は昔と変わらず鋭いままだった。ゆりえと一馬の離婚を覚えていないという一点を除いては、認知症など影も見当たらないというのが正直なところだ。

「聞きなさい、ゆりえ」

ゆりえは顔を上げた。

相馬の茶色い瞳がじっとゆりえを見据えている。あらためて見ると相馬と一馬は本当によく似ていて、未来の一馬に見つめられているような錯覚におちいった。

「君と会えないでいる間の一馬を、君は知らない。奴の君への愛情を疑うんじゃないよ。わしの孫は君を愛している」

ゆりえは大きく目を見開いた。

「わたしと、会えないでいる間……？」

「奴には奴なりの考えがあるんだろう。君達が最近ギクシャクしていたのに、わしが気づかないとでも思ったのかい？　火を見るより明らかだったさ」

サムがこちらをちらちらとうかがっている。日本語なので内容はわからないはずだが、一馬のことを話しているのは理解しているはずだ。

「これはわしの予想に過ぎないが……」

と言って、相馬はテーブルの上で両手を組んだ。背筋はぴんとしている。念のための車椅子もあるのに、相馬はたとえゆっくりでもできるだけ自分の足で歩いた。

誇り高いひとだ――一馬みたいに。

遺伝子学的には順番が逆なのだろうけれど、ゆりえはやはり一馬を基準にものを見てしまう。

相馬は穏やかに微笑んだ。

「……一馬は君が追いかけてきてくれるのを待っているよ」

「それはないと思います。一緒に行った方がいいですかって聞いたんです。でも、あんまり乗り気じゃありませんでした」

「違う。そうじゃないんだ。奴は君に決めて欲しいんだよ。行った方がいいかと奴に聞くんじやなくて、行きたい、と求めて欲しいんだ」

「ええ？」

「いいかい、わしの孫は一本気な男だが馬鹿ではない。いくら君が欲しいからといって、相手に不本意な形で強引に手に入れたくはないだけだ。わしの失敗を見ているしな」

「…………」

「君が『わたしも行きたい！　連れていって！』と言えば喜んで君を連れていっただろう。少なくともわしはそう思うよ」

「そんな細かい……」

「細かいが大事なことだ。おそらく。奴にとってはね」

そうだろうか……。

だって今回の渡米だって一馬はかなり強引にことを進めた。でもよく考えたら、相馬の余命を考えるとそうするしかなかったのかもしれない……それについては、相馬本人の前で言う訳にはいかなかったけれど。

つまり一馬は、本当にどうしようもなくなるまで、ゆりえには一切連絡してこなかったということだ。

ゆりえはといえば、彼に拒絶されるのが怖くて、一度も自分から連絡を取ろうとはしなかった。

（ううん……それだけじゃないわ）

（多分、わたしは甘ったれていたの。なんでもかんでも一馬さんがしてくれるのに慣れすぎていて……自分からは連絡できないくせに、彼がしてくれないのに傷ついて、悲劇のヒロインぶって……）

現実はそんなに単純ではない……ゆりえにだって言い分はある。

でも……ゆりえが『一馬は一度も連絡してくれなかった』と傷ついているのと同じように、一馬だって同じ理由で傷ついているかもしれないと……どうして考えなかったのだろう？

そんなことがあるだろうか……？

一馬が待っているのは、ゆりえが自ら一歩踏み出してくれることだ、と。

――抱いてください、とゆりえは自ら懇願した。

そして一馬はゆりえを抱いてくれた。

――同時に、ゆりえはあのとき『今日だけでいい』と言ってしまった。

そして一馬は、本当にその日しかゆりえを抱かなかった。

ゆりえは愕然とした。なんてことだろう。一馬はゆりえの言葉をすべて叶えてくれたことになる。それなのにゆりえは、避けられている、あれ以来抱いてくれない……などと泣き言ばかり繰り返して、勝手に落ち込んでいた。

（ば……馬鹿……！）

確かに、従順さはゆりえの長所でもある。真面目でおしとやかで、同年代の同僚に近寄りがたいと思わせてしまうくらいで、わがままを言うことも少ない……。

というか、基本的に、言わない。

でも、わがままを言わないことと、愛情を表現しないことは時に似ている。だって愛はわがままだから。わがままのない愛なんてないから。

無意識に、ゆりえの腰が椅子から浮いた。

一馬に会いたくて仕方なかった。どれだけ彼が好きか伝えたくなった。彼の勇気と思いやりが、その半分でもいいから、ゆりえにもあったらと願った。

一馬はずっとゆりえの願いを叶え続けてくれていたのだ……。

相馬は、そんなゆりえの胸中などすべてお見通しだというように、目を細めて笑った。

「まだ待ちなさい。今夜はもう遅すぎる。明日になるまで待ってもバチは当たらないだろう。わしがこんな夜中に君をアメリカの車道に送り出したと知られたら、寿命が尽きる前に首を絞められてしまうしな」

ゆりえは空気の抜けていく風船のようにすとんと椅子に戻ったが、胸のざわめきは消えなかった。

（一馬さん……）

もし相馬の考えが間違っていたとしても、ゆりえに失うものはない。どちらにしても二ヶ月後にはまた終わってしまう関係だと覚悟していたのだから。

ゆりえに復縁を願う資格がないのはわかっている――祖父の疑惑事件の影が、まだ一馬の重荷になるのは明らかだった。それでも、ゆりえは彼のことを愛しているのだと、それだけでも伝えたかった。

興奮気味のゆりえをよそに、相馬とサムがなにやら小声で話している。

でもゆりえは明日の朝どうやってニューヨーク市内にひとりで戻ったらいいか考えていて、話の内容は聞こえなかった。

一馬の車があるのに安心して、公共交通機関についてほとんど勉強していなかった。バスはあるだろうか……電車は？　あるとしたら何時間くらいかかるんだろう……。

「ユリエ、心配しなくても大丈夫ですよ」

サムが急にゆっくりとした英語で話しかけてきて、ゆりえは我に返った。

「な、なにがですか？」

「僕の弟が市内でタクシードライバーをしてるんです。明日の朝一にあなたをピックアップするよう頼みますから、バスの時刻表を検索したりする必要はありませんよ」

「あ……」

サムはゆりえをからかうように微笑んでいた。

ゆりえは相馬に視線を移した。

いったいサムになにを言ったんだろう？　ゆりえは旦那が恋しすぎてここにはいられないからマンハッタンまで送ってやってくれと？

でも背に腹は代えられない。こちらには危ないドライバーもいると聞いたことがあるし、これ以上ないくらいありがたい申し出だった。

「……りがとうございます」

「礼ならソウマに言ってください。ちゃんと支払い能力のある長距離の客は弟にも美味しい話なんですよ。もっともソウマは、料金はカズマに請求しろと言ってますけどね」

「いえっ、わたしが払いますから……！」

「同じことでは？」

サムが首を傾げた。

そうだ。マリアと違ってサムはふたりの離婚事情を知らない。彼にとってゆりえと一馬は夫婦なのだ。相馬もいるし、ゆりえは自分で支払うことに固執できなかった。あとでこっそり一馬に返さなくては。

「そうですね……。じゃあ……明日、よろしくお願いします」

「了解です。そうこなくっちゃ」

＊＊＊＊

次の朝は神に祝福されたような晴天だった。

もちろんあくまで二月の冬空ではあるけれど、大きな決意を実行に移すにはそんな些細《ささい》なことに勇気づけられる。

サムの弟は朝八時ちょうどにハンプトンズの乃木邸に到着した。例の黄色いタクシーを想像していたのに、流しではなく個人のリムジンサービスで働いているらしく、艶やかな黒塗りのドイツ車が門の前に停まっている。

ゆりえは一晩分の荷物を入れた半分ぶかぶかのボストンバッグを手に、大きな車体に乗り込んだ。

玄関先のポーチでは、相馬とサムとマリアが手を振りながら送り出してくれるという激励ぶりだった。嬉しくはあるのだが、もし惨めな結果に終わったらと思うと恥ずかしくもある。

車内に乗り込むと、

「兄から色々話をうかがいましたよ。すぐ着きますのでリラックスしてください。寝ていても大丈夫ですよ」

サムをもうちょっと大柄にして、数センチの贅肉を足したような弟は、そう言って慣れた動きでリムジンを発車させた。

「ありがとうございます。でも……あの、あなたのお兄さんの話って……どんな内容ですか？」

「そうですねぇ。若い方のミスター・ノギ……つまりあなたのご主人は、同居してるサムが身の危険を感じるほどあなたにゾッコンだとか、そんなところですかね」

「ええ？　サ、サムがそれを？」

「今日だって、あなたを絶対に無事に届けろ、一瞬たりともあなたをからかったり誘ったりするようなことを言うなと念を押されましたよ。まあ、安心してください。確かにあなたは美人だが、僕はちゃんと自分のワイフを愛してますよ。結婚十年目です」

なんてことだろう。

あの物静かなサムでさえそんな風に感じていたなんて。一馬はサムになにか言ったのだろうか。もっと聞きたいような、聞きたくないような……。

サムの弟はバックミラー越しにゆりえにウィンクをしてみせる。

「夫婦仲がよくて羨ましいことです。僕ももうちょっと頑張らなくては。手はじめに乃木ホテルのカップル優待券とか貰えませんかね？　妻をサプライズで招待してみたいな」

ゆりえは笑い、一馬に頼んでみると約束した。

車は滑らかな走りで見覚えのある車道を抜け、やがて国道に入る。

（羨ましいことです……か）

羨ましいのはゆりえの方だ。結婚十年。赤の他人に「愛している」と宣言できて、サプライズ旅行に連れて行ってあげたいと思ってくれる……そんな関係を、十年。ゆりえが半年で手放してしまったもの。

ゆりえと一馬にも、まだチャンスがあると思っていいのだろうか。


昨夜あまり眠れなかったせいか、気がつくとゆりえは車内でうとうととしていたらしく、目を覚ますとすでにマンハッタンの交通渋滞の中に入っていた。

前後左右からのクラクションがやかましい。しばらくハンプトンズの清閑でのんびりとした雰囲気に浸っていたので、なんだか別の星に来たみたいだ。

「まったく、これだからマンハッタンは。ミセス・ノギ、どこで降りますか？」

ゆりえが一馬のマンションの住所を告げると、サムの弟はあからさまに顔をしかめた。

「歩いた方が早くなっちまう。向こう側に渡るにはちょっと回り道しないと」

「そうなんですか？　だったら歩いて行けますから、ここまでで……」

「いやいやいや、冗談ですよ。歩いた方が早いかもしれないのは本当ですけど、あなたをひとりでぶらぶら歩かせる訳にはいかない」

「でも……」

ゆりえは考えた。

スマホを開いて時間を確認すると、もう昼前だった。一馬はとっくにマンションを出ているだろう。というか、そもそもマンションで夜を明かしたかどうかもわからないし、いつマンションに帰ってくるかも謎だ。

(もちろん、電話して一馬さん本人に聞けばいいんだろうけど……)

でも、仕事の邪魔になる可能性があるし、できれば彼を驚かせたい。ゆりえは考えあぐねて、乃木ホテルの住所をサムの弟に伝えた。

「ああ、それならずっと近場だ。ここからそんなにかかりませんよ」

「じゃあ……そっちでお願いします」

サムの弟は急ハンドルを切って車線変更をした。

背後から怒りのクラクションが連発され、ゆりえは恥ずかしさと申し訳なさで顔を覆ってしまったが、当の本人はけらけらと笑っている。

「図太くなることですよ、ミセス・ノギ。そうすると人生はずいぶん楽になる」

リムジン・ドライバーは急に哲学者になった。

「……そうみたいですね」

ゆりえもなんとなく納得してしまう。本当に、今のゆりえに必要なのは大胆さや図太さなのかもしれない……。

＊＊＊

マンハッタンはミッドタウンの外れに位置する乃木ホテルニューヨーク・アメリカ本店は、息を呑むような優雅なエントランスで客を迎える。

入り口は壁一面がガラス張りで、中のロビーにある日本庭園風の小さな滝が外から見える仕様になっている。

巨大高級ホテルチェーンと比べれば客室数はずっと少ないが、だからこそ静けさや落ち着きを求めて人々は乃木ホテルを選ぶ。いわゆる「意識の高い」系の高所得者層が主な顧客で、ゆりえの実家だって、昔はその一端だったのだ。

リムジンを降りたゆりえは、口の中に溜まってくる唾をごくりと呑み下した。

(マンションに行くつもりだったから……少しカジュアルすぎるかも……)

自分の格好を見下ろして、一瞬だけ中に入るのを躊躇する。

ドレスコードがあるわけではないが、周囲から浮いてしまうのは避けられないだろう。ゆりえだって現役のレセプショニストだ。ホテル側にどう思われるかは想像がつく。でも今さら逃げるわけにはいかなかった。

ゆりえは回転式の自動ドアを抜けた。

中に入っても、日本式の「いらっしゃいませ」がないのでなんとなく気が抜ける。でも和モダンの粋を極めたエントランスロビーは素晴らしかった。

フロントにはふたりいて、ひとりは金髪の三十代くらいの白人女性、もうひとりは精悍そうな日本人男性だった。多分、ゆりえと同じ歳くらい。

ゆりえは日本人レセプショニストの方に向かった。

「いらっしゃいませ。乃木ホテルにようこそ。メイ・アイ・ヘルプユー？」

彼は日本語も英語も完璧で、笑顔が素敵だった。ゆりえはこっそり、日本に帰って仕事に戻ったらこのひとを見習おうと思った。

「はい。実は……ジェネラル・マネージャーの乃木一馬にお会いしたいのですが」

レセプショニストがちょっと驚いたように片眉を上げた。

「かしこまりました。が……お名前とご用件をお伺いしてもよろしいでしょうか？」

「乃木です。乃木ゆりえ。用件は……その、会いたいからだと伝えてください。急ぐ必要はないので」

乃木の苗字効果は抜群だった。

「了解しました。すぐ連絡いたしますので、少々ロビーでお待ちください」

「ありがとうございます」

ゆりえはフロントデスクが見える位置にあるロビーのソファに向かい、そこに腰を下ろした。

——本当にここまで来てしまった。

そんな実感がどっと湧いてくる。日本から遠く離れた異国の土地で、ずっと忘れられなかった男性のあとを追ってこんなところまで。

ゆりえの対応をした日本人青年レセプショニストが内線をかけているのが見える。

(立場が逆になっちゃったな……。わたしがエントランスロビーに座って、一馬さんを待ってるんだから)

東堂ロイヤルガーデンのエントランスロビーに居座っていた、あのときの一馬を思い出す。

あんなまどろっこしいことをしないで、さっさとゆりえと話をつけてしまえばよかったのに、一馬は待った——ゆりえが自ら一馬の元に行くまで。

そうだ、最初から……。

内線の受話器を耳に当てた日本人レセプショニストが、ちょっと焦ったような顔をしてなにかを早口に告げている。彼の視線がエントランスロビー全体を泳いだ。不思議に思って、ゆりえも視線を巡らせる。

そしてびくりと固まってしまった。

「一馬さ……」

と、呼びかけて、その先が消えてしまう。

エレベーターホールからエントランスロビーに入ってくる人影があった。一馬だ。昨日と同じスーツを着ていた。

そして……彼の隣にはすらっと背が高く、細身でスタイルのいい、ぱっちりした瞳の日本人美女がいる。ゆりえがおっとりした落ち着いた古典的なタイプの美女だとしたら、この女性はもっと近代的でアクティブな雰囲気の美しさがあった。

そこまではいい。

ここは華のマンハッタンなのだ。モデルや女優はいくらでもいるし、乃木ホテルニューヨークは日本人の顧客も多い。優良顧客をマネージャー自ら案内しているだけかもしれないし、これほどの美人ならもしかしたらホテルが催すイベントに関わっているのかもしれない。

だからゆりえは、一馬とその女性が親しげに言葉を交わしながら歩くのを、黙って見ていた。

するとエントランスロビーの真ん中あたりで、謎の美女と一馬は、足を止めて見つめ合った。

(な……なに……？)

美女が一馬を見上げてなにかをささやく。まるで一馬を頼りにして、救いを求めているような表情と仕草だった。

一馬は強く同意するようにうなずいて、彼女に一歩歩み寄った。そして一馬は彼女をふんわりと抱きしめた。

それは恋人同士の抱擁とは明らかに違った……と思う。

思いたかった。

でもホテルマンと顧客の挨拶でも、ただの知り合いが別れ際にするハグでもなかった。なんらかの親愛の情が介在する抱き合い方だ。

視界の端で、レセプショニストの日本人男性が気まずそうに片手を額に当てるのが目に入る。「しまった」とでも言いたげだった。こういうときアメリカで生活しているひとは仕草が大袈裟で、感情を隠すのが下手だ――レセプショニストは彼らの関係を知っているのだ。一馬が公衆の面前であの女性に親しくするのは、きっとこれがはじめてじゃない。

そう気がつくと、ゆりえの腰はすっとソファから浮いた。

この場所に居続けるわけにはいかなかった。

ゆりえは震える足でじりじりと横に移動した。彼らから離れなければと本能が告げる。

彼らの関係がなんであれ、ゆりえはきっと邪魔者だから。

一馬が一回きりしかゆりえを抱かなかったのはこれが――彼女が――理由かもしれない……。

ゆりえは駆け出し、外に出ようとしたが回転式ドアに阻まれてエントランスで足を止めた。なかなか入れるタイミングがこないので慌てながら後ろを振り向くと、一馬と目が合った。

一馬は驚きに目を見開いて、ぽかんと口を開けた。

その瞬間、ゆりえは自動で回転するドアに滑り込むことに成功した。そのままニューヨークの歩道を走りはじめる。

「ゆりえ！」

背後から一馬の声が聞こえた。

それを喜んでいる自分と、怒っている自分の両方がいる。でも怒りの方が明らかに強くて、ゆりえは振り返らずに走った。幸い、足元はヒールのない走りやすいブーツだったから、かなりスピードは出たはずだ。

でも、相手は乃木一馬である。

彼の足の長さと、普段のランニングの成果は遺憾なく発揮された。一ブロックも進まないところで背後から腕を掴まれて、振り向かされる。

急に走り出したゆりえの肺ははち切れそうに痛んで息が上がっているのに、一馬はほんの少し呼吸が荒くなっているだけなのが悔しかった。

「離してください。く……来るべきじゃありませんでした」

「ゆりえ、誤解しないでくれ。彼女はただの昔からの友人で、友情以外はなにもない。ただの慰め合うだけのハグだ」

「ハ……ハグなんてしなくたって慰め合えるでしょう！　しかもレセプショニストはあなた達

ふたりの関係を知ってるみたいで……。いつも会ってるんでしょう！」

周囲の歩行者がゆりえと一馬を振り返って見る。たとえ日本語がわからなくても、これが痴話喧嘩だということは一目瞭然なのだろう。ひゅーっとからかうような口笛がどこからか聞こえた。

「君の言っていることは理論的じゃない。ハグくらい友達同士だってするさ。ましてやここはアメリカなんだ」

一馬の口調は憎たらしいくらい落ち着いている。

ゆりえだって、外国育ちの一馬のスキンシップが大胆なのはとっくの昔から知っている。

でもこれは理屈じゃない！　一大決心をして一馬に会いにきたのに、彼の隣に明らかに自分より魅力的な女性がいて、嫉妬と不安が爆発したのだ。もし彼らがしていたのが会話だけでも、ゆりえはきっと同じように走り出していただろう。

……それに気づくと、ゆりえの目から大粒の涙がぼろぼろとこぼれはじめた。

「わ……わたしはずっと一馬さんのことだけが好きで、他のひとなんてひとりもいなかったのに、一馬さんはあんな綺麗なひとと仲良くしてたんです……！　それなのにわたし、ば、馬鹿みたいに、こ……こんなところにまで来て……」

止まらない。

もう止まらなかった。涙も、告白も。

「ずるい。嘘つき。誰もいないって、わたし、勝手に本気にして……」

「ゆりえ……」

「もうやだ！　わたしのことなんか放っておいて、さっさとあの綺麗なひとのところに行ってください！　馬鹿！　嫌い！　あっち行って！　来ないで！」

ゆりえの罵声は幼稚園児のそれと変わらなかった。だってゆりえはこんなふうに声を荒らげたことがほとんどなかったから、賢い罵り方なんて知らないし、できない。

もうめちゃくちゃだ。

きっと一馬は呆れて手を離す。手を離して、彼女のところへ行ってしまう。

ゆりえは何度、一馬の手を離せば気が済むんだろう。求めているのは永遠に彼の手を握っていることなのに。

もう消えてしまいたかった。

しかし、

「ゆりえ、可愛い」

「う、嘘つき！」

「はは、ゆりえ、もっと言って。ほんと最高に可愛い」

「な……っ！　わ……わ……笑うなんて……さいてい……ぅ」

乃木一馬はゆりえの手を離さなかった。それどころか彼は心から楽しそうに笑って、満面の笑みでその端正な顔を崩して、ゆりえを胸元に引き寄せる。

心臓が爆発しそうに高鳴った。ゆりえの頬は次から次に流れる塩辛い涙でびしょ濡れになった。

一馬はぎゅっとゆりえを抱きしめた。

――さっき彼が謎の美女にしていたのとは違う、恋人同士の抱擁だ。ハグなんて軽々しい言葉じゃ言い表せない、きつくて熱い繋がり。

「それでいいんだ……。ゆりえはもっと素直になっていいんだよ。泣いてごらん。最後の一滴まで俺が舐めとってあげるから」

「……ぅ……っ」

言葉通りに、一馬の舌がゆりえの頬を洗うように舐めた。

「辛い……。いっぱい溜めてたんだな」

「ば……馬鹿……きらい……もう……ぅぅ」

「俺だっていっぱい我慢してきたよ。ずっとゆりえに会いたかった。どうやって五年も我慢できたのか、自分でもよくわからないくらいに」

いつのまにか、一馬の両手がゆりえの頬を包んでいる。

上に顔を向けさせられて、真っ直ぐ正面に一馬の顔が近づいてくる。鼻の先がちょこんと当たった。

涙で揺れる視界に映った一馬の瞳は、じっとゆりえを見下ろしていて……そして、少し赤かった。

「俺達ふたりの関係は、いつだって俺ばかりが君を求めていた。君はいつも俺にノーと言わず、常に受け身だった。離婚はそんな君が唯一、強く望んだものだった。だから俺は血反吐《ちへど》を吐く思いでそれを受け入れたんだ。君の意思を尊重したかった」

まるで何年もこの告白をするのを待っていたみたいな滑らかさで、一馬は思いを吐き出した。

「うそつき……か……一馬さんは……わたしより乃木ホテルを選んだんです……わたしのことなんか……どうでもよくて……」

破れかぶれで、ゆりえは鼻を啜りながら応酬する。

一馬の舌がまたちろりとゆりえの目尻を舐めて、涙を吸うみたいにちゅっとキスをした。

「本当にそんなこと信じてたんだ？　五年間？　俺のことをそんなふうに思ってた？」

「だって……」

「だったら泣きたいのは俺だよ。ずっと、ゆりえは信じてくれていると思っていた」

ふたりの口から吐き出される息は白い煙になって宙を泳ぐ。涙が凍ってしまいそうなくらい寒かった。もしかしたらもうすぐ雪が降るのかもしれない。

そうしたらどうやって帰ろう？

雪のマンハッタンをひとり歩いてハンプトンズに戻ることができるだろうか？　むしろ日本に帰るべきだろうか？

「信じて……ました。信じたかった。さっき、一馬さんと綺麗なひとが抱き合ってるのを見るまでは……」

「俺にはゆりえだけだ。はじめて逢った日からそれはずっと変わらない。きっと死ぬまで――」

一馬はひと息置いて、ゆりえの瞳をじっと見つめた。

「結婚の誓い通りに。あんな紙の上の離婚なんかで俺の気持ちはひとつも変わらなかった。むしろあの頃より君を愛している」

車道ではけたたましいクラクションが鳴り響き、声の大きいアメリカ人がふたりの横を早足で通り過ぎていく。でも、ゆりえと一馬の周囲だけ時が止まったように切り離されていた。

五年分の心の壁が、ガラガラと崩れていく。

「俺が君に惚れた瞬間がいつだったか、知ってる？」

穏やかな忍耐をもって、一馬はゆりえの耳元にささやいた。

よく考えると知らなかったので、ゆりえは素直に首を横に振った。

「君が初対面で、俺に立ち向かったときだ。ヤマダタロウなんていうふざけた名前の初対面の老人のために、君は乃木のネームプレートをつけた俺の前に立ちはだかって、堂々と頭を下げた。卑屈なところはひとつもなくて、まるで天使か……女神のようだと思った」

天使に、女神。

一馬はいつだって言葉を尽くしてゆりえを褒めてくれたが、こんな……崇められるようなことまで言われると、ぞくりと身悶えてしまう。

一馬の独白は止まらなかった。

「もちろん、誤解しないでくれ。俺はいつもの柔らかくて穏やかなゆりえも好きだよ」

「…………」

「でも本当に一番に惹かれたのは、君の芯の強さだ。君の高貴な心のあり方だ。俺はあのとき、君の前にひざまずきたいくらいだった。まぁ、君はすぐ気絶してしまったけどな」

「あれは……。ふふ……」

こんなときなのに、一馬はゆりえを笑わせることに成功した。

一体どれだけのひとが、こんな瞬間を迎えることができるのだろう。思い出とこれからの未来の狭間で。一度は終わったと思った愛を抱きしめながら。

一歩、前へ。

「そんな君が、二度目にその強さを見せたのが、離婚を切り出したときだった」

どくん……。

あのときを思い出して、心臓が波打つ。あの胸の痛みが再来する。でも逃げられない。

「君はあのとき、実家が大変なことになったと俺に泣きついてよかったはずだ。どうにかしてくれと言って俺に甘えてくれたら、きっと俺は持てるすべてを使って君を救おうとした。普通の女ならそうしただろう。君だってそれを知っていた。でも君は、それでも三つ指をつくことを選んだ。あの瞬間、俺の心はぽっきりふたつに割れたんだ」

ゆりえはあのときのことを思い出した。

ゆりえは頭を下げていたから、一馬の反応をほとんど見ていない。

――彼はどんな顔をしていたんだろう？

――どんな心を抱えていたんだろう？

「なんて素晴らしい女性なんだと、君をより深く敬愛した。でも同時に、その高貴な決心を踏みにじるべきじゃないと思った。もし君が気を変えて、やっぱりどうにかして欲しいと甘えてきたら、俺は一も二もなくそれに飛びついたよ。でもそれはなかった。君は決心を貫いた。俺はそんな君にさらに惚れると同時に、別れの苦しみにもがくことになった」

「一馬さん……」

「なあ、ゆりえ……俺は、君のその強さを愛していて、尊重しているだけだ。強引に君とヨリを戻すことはできるよ……俺だって馬鹿じゃない。君が俺を憎からず思ってくれてることくらい感じる。でも俺が欲しいのはそんなんじゃない。君に求めて欲しいんだ。ひと言、君から言ってくれればいいんだ。本当にそれだけだ。どうしてなにも言ってくれないんだ？」

「う……」

また涙が溢れてくる。

いつになったら止まるんだろう。

ゆりえだって一馬と生きたい。彼を愛している。彼の強さも優しさも全部、大切でたまらない。再び彼と結ばれることができたら、どんなに幸せだろう。

「そ……そんな……わたしがなにも言えない子供みたいに言わないでください……」

「そんなこと言ってないよ」

「言ってます。どうして言わないのかって、そんなの、なにも知らないくせに」

「じゃあ、教えて。知りたい。全部」

一馬は再びゆりえをふんわり抱きしめた。ゆりえは鼻を啜りながら一馬のスーツの胸元に頬を寄せた。——この極寒の二月のマンハッタンで、一馬はコートも取らずに外までゆりえを追いかけてきてくれた。

「あのあと……起こった出来事は、本当に酷かったんです。毎日電話で怒鳴られたり脅迫されたり……外に出ようとするだけで追いかけ回されたり……弟達は大学にいられなくなって
……」

「うん」

「祖父が証拠不十分で釈放になっても、インターネットとか、いろんな本にまで祖父が犯人に

違いないって書かれているままで。今でも思い出したみたいに時々、悪く言われて」

「うん、知ってる」

「あなたが、好きだから」

「そっか」

「あなたの家族も好きで。相馬さんも有馬さんも、ご両親も、今ではマリアもサムも、みんな
……わたしは迷惑をかけたくないだけで」

「いいんだよ、そんなの」

「『そんなの』じゃないんです。本当に酷かったんです。怖いの。祖父の疑いが晴れない限り、いつかは一馬さん達だって嫌な思いをするって知ってるから……だから言えないの」

一馬の大きな手が、ゆりえの頭部をぽんぽんと優しく叩いた。彼はゆりえの耳元に「それでいいんだ」とささやいた。

大人が子供にするような仕草だったけれど、今のゆりえにはキスをされるより愛情を感じる行為だった。

「ずっと、そうやって素直になって欲しかった。君は相手のことばかり考えすぎる。君だって幸せになっていいんだ。我がままを言っていいんだよ」

「でも……迷惑はかけたくないの」

「迷惑なんかじゃない。今度こそ俺を信じてくれ。俺達を。きっと乗り越えていける。そうな

れるよう努力しよう。俺だって五年間布団にくるまって泣き続けてきたわけじゃない。できることはすべてやってきた」

なにかをほのめかされたような気がしたけれど、ゆりえは黙って一馬の胸にすがって、彼の温かさに甘えた。

「今度こそ」

一馬は繰り返した。

「はい」

ゆりえは短く、シンプルに答えた。

ふたりはしばらく抱き合ったあと、ニューヨーカーでさえ赤面するような熱烈なキスを歩道で交わした。そして肩を並べて乃木ホテルニューヨークに帰った。

第八章　愛の歌

乃木ホテルニューヨークに戻ると、エントランスロビーのソファのひとつに、先ほどの美女が座っていた。

ゆりえと一馬が手を繋いで入ってくるのを見ると、彼女は嬉しそうにその大きな瞳を細めて微笑んだ。さっと立ち上がって、ゆりえ達の方へ歩いてくる。

「一馬君、なんか彼女に誤解させちゃったみたいでごめんね。大丈夫だった？」

なんとなく、まるで一馬みたいなひとだとゆりえは思った……間違いなく日本人だけど、日本人離れした美貌を持っていて、日本語は完璧なのに動きや仕草が外国人のそれに近いのだ。

「大丈夫だよ。雨降って地固まるってやつかな」

一馬はゆりえの片手を取って、ちゅっと甲にキスをした。

美女はゆりえに向き直る。

向けられたのは、まったく悪意を感じない、屈託のない笑顔だった。でも少し寂しそうでもある。

「あなたが……ゆりえさん、よね？　一馬君や有馬君からお噂はかねがね。誤解しないでね、わたしと一馬君はただの腐れ縁で、友達だから。大学も後輩だったの」

「いえ、誤解なんて……」

——したけれど。

でも、一馬はアメリカの大学を出ているから、彼女もそうなのだろう。本当に友人同士のハグだったということだ。

「……一馬さんが説明してくれたので、もう大丈夫です。取り乱してすみません」

「こちらこそごめんなさい。でも考えてもみて？・わたしは一馬君に会うたびにあなたの話を聞くけど、あなたはわたしの話なんてきっと聞いたこともないでしょう？　一馬君がどっちを好きで大事にしてるかなんて明白じゃない？」

わかるようなわからないような理論だが、この美女の口にかかると妙な説得力があった。ゆりえは照れながらうなずく。

「ゆりえ、こちらは橘春菜《たちばなはるな》さん。親同士が仲良くて昔から腐れ縁だったんだ。有馬と同じ歳だから、俺より有馬との方が仲良いけどね」

一馬が美女——春菜という名前らしい——を紹介してくれる。ゆりえはぺこりと頭を下げて、春菜も小さく会釈した。

「そんなことないでしょ」春菜は一馬をつつく。

「結婚式来なかったじゃないか」

「仕事で海外だったの。有馬君は、来なくてよかったなんて言ってたし。兄さんがお嫁さんにベタベタで、目のやり場に困るだけのウェディングパーティーだったからって」

「まあもう一回するかもしれないから、そのときは来てくれ」

一馬は茶目っ気たっぷりにウィンクして、それからゆりえの頬に口づける。

ゆりえは真っ赤になった。

春菜はハッと息を吸って、両手で口を抑えた。

「そうなの……。よかった。少なくとも一馬君は幸せになるのね」

「春菜だって幸せになれるよ。俺がなれそうなんだから」

＊＊＊

我がままを言えば、ゆりえはアッパー・ウェスト・サイドの静かなマンションに帰りたかったが、一馬はそこまで我慢できないようだった。

「今朝急に、スイートにキャンセルが出てね……。どうしようかと思っていたが、神の思し召しだったらしい」

経営者一族御曹司兼マネージャーの特権を駆使した一馬は、少なくとも半年以上前から予約がないと泊まれない人気のハネムーンスイートの空きに、ゆりえを連れ込んだ。

「ん……っ、……は……」

寝室に入ると、すぐにキスを受ける。

舌で口内を侵略される濃厚なキスだ。一馬の貪欲な動きに合わせてゆりえもなんとか舌を絡ませようとすると、上手く飲み込み切れなかった唾液がつーっと唇から漏れる。

「シャワーを……」

「あとでいい……。今は君を感じさせてくれ。一刻も早く……」

コートを脱がされ、互いの靴が床に転がって、ふたりの体は大きくて柔らかいベッドの上に落ちるようにして重なった。

ゆりえが下で、一馬が上。

この法則はいつも変わらない。

一馬の手がするりと服の下に入り、ゆりえの肌をくまなく撫でる。もどかしくなって、ゆりえは純白のシーツの上で身をよじった。

厚い冬服は次々に脱がされていく。

セーターに、ヒートテックの下着に、厚手のタイツ。今までゆりえの体を温めていた布たちが順番に床に落ちて、代わりに一馬の肌が……吐息が……接触が、ゆりえを温めてくれる。

ついに下着だけになると、一馬はブラ越しにゆりえの胸に口づけた。

「ん……」

「もう離したくない」

「かず……ま……さ……」

「毎晩君を抱きたい。毎朝君の隣で目を覚まして、毎日君の声を聞いて、毎年君の誕生日を祝って……」

一馬の手が胸を覆っていたブラのカップを引き下げる。はらりと揺れる白い乳房と赤く実った蕾が暴かれた。

一馬はごくりと喉を鳴らし、吸い込むように乳首を口に含んだ。強く吸われ、先端を舌で転がされて、ゆりえの視界に星が散る。

「あぁ……ん！」

「……九十歳の婆さんと百歳の爺さんになった頃、孫達に言うんだ。俺達は若い頃、別れていたこともあった。でも長いふたりの人生の中で、あれは本当に一瞬だった……と」

「そん、な……」

「俺はずっと……そうなると信じていたよ。今でも信じている」

口を離したと思うと、次は指で両方の胸の蕾を摘んでは潰す。転がしては弾いてと、ゆりえの弱点であるそこを執拗に愛撫する。

「あぅ……あ……ひ……っ」

「いっぱい感じてくれ。ずっとその声を聞きたかった」

乳房を使ってゆりえをたっぷりほぐすと、一馬の手は彼女の腹を撫でながら下に向かい、茂みの中に指を滑り込ませる。

ゆりえの秘所はすっかり濡れそぼって、震えていた。

すでに膨らんで敏感になっている花芽に一馬の指が押しつけられ、軽い振動を与えられる。

あまりの官能にゆりえは背をしならせた。

「くぅ……っ、あっ、ひ……ぅ……」

ゆりえの嬌声が大きくなっていくにつれ、一馬は無口になっていった。

彼はゆりえの体に快感を与えることだけに神経を集中しはじめている。一馬は舌でゆりえの秘唇を押し開くと、雌芯の周りをじっくりと舐め上げる。

絶頂が近くなって身悶えていると、きゅっと強く吸い上げられた。

ゆりえは短い悲鳴を上げて達した。

「あ……はぁ……は……っ」

「イッた？」

「し……知ってる……くせに……、んぁっ！」

達したばかりの秘所を、いたずらに指でいじられる。ゆりえは目尻に涙を溜めながらコクコクとうなずいた。

「い……イき……ました。また、もう一回……ちゃいそう……」

震えた小声でささやくと、一馬は満足げに微笑む。

そのとき——彼の瞳にも涙のようなものが溢れている気がしたのは、幻想だろうか？　それとも現実？

一馬は素早く服を脱ぎ、ベッドサイドのナイトスタンドから避妊具を取り出した——さすがはハネムーンスイートだ。まさに神の思し召しだったのかもしれない。

ゆりえを求めて固く屹立《きつりつ》している竿に、薄い膜を装着すると、一馬は再び彼女の上に覆い被さった。

「愛してるよ」

一馬はかすれた声で告げた。

ゆりえは我慢していた涙をひと粒こぼしてうなずいた。

「わたしも、あなたが好きです。あなたを愛しています」

今度は一馬がうなずく。

そして、一馬はそのまま一気にゆりえを貫いた。ずぶりと沈められた一馬の男性自身に体内を押し広げられ、ゆりえは背を弓形にしてあえいだ。

蜜口から愛液が溢れる。

ゆりえの全身がひくついた。

一馬はすでに優しくも穏やかでもなく、一匹の雄となってゆりえの中を激情で穿つ。最奥をこそぐように熱い淫情の剣を打ち込まれ、ゆりえの肢体は儚《はかな》く揺さぶられた。何度も、何度も。強く、激しく。

二度目の絶頂の波が近づいてくるのを感じて、ゆりえは息苦しくなった。世界中の空気を集めてもきちんと息をできそうになかった。足の爪先が小刻みに痙攣してくる。

「も……ぅ……無理、で……──！」

大きな快感に包まれ、そのまま絶頂に押し上げられる。視界が白んで意識が飛びそうになった。

ゆりえの膣はぎゅっと一馬の屹立を咥え込み、締め上げる。

「くそ……っ、なんて……キツい……」

一馬のものが硬度と太さを増し、爆発するように大量の熱い白濁をゆりえの奥に解き放つ。避妊具の薄い壁に遮られていても、彼の飛沫を感じた。ゆりえの隘路《あいろ》が本能に従い、愛するひとの欲望を飲み込もうとぴくぴくと震える。

ふたりは性器を繋げたままきつく抱き合った。

こんなとき、先に甘い言葉をささやくのはいつも一馬で、ゆりえはそれに応えるばかりだったけれど……今は。

「ずっと……こうしたかった」

ゆりえは一馬の耳元に唇を寄せてつぶやいた。一馬が喉の奥で笑い、荒い呼吸を繰り返しながら頬をすり寄せてくる。

「俺もだ」

「何度もあなたに抱かれる夢を見ました。でも、本当の一馬さんは、夢よりずっと温かいです」

ゆりえを抱く一馬の腕の力が、さらに強まる。

痛いくらいだった。でも永遠にこのままでいたいと思った。


いくら御曹司の特権を持ってしても、人気のハネムーンスイートを占拠できたのは半日足らずだった。ふたりは結局、一馬のマンションに帰って夜を明かすことになった。

シャワーを浴びて、また体を重ねる。

夜中、どうしてもお腹が空いたので、一馬がデリバリーを注文してくれた。映画でよく見る白い紙の箱に入った、油っぽいが美味しい中華料理を一緒に食べる。

そしてもう一度、静かに愛を紡いだ。

背後から一馬に抱きしめられながら、ベッドで微睡《まどろ》んでいたとき、壁際の本棚が目に入ってゆりえはささやいた。

「あの本……一馬さんが持ってたんですね。なくしちゃったと思ってたのに」

一馬はしばらく、なにも答えようとしなかった。もしかしたら眠ってしまったのかと思って肩越しに振り返ると、一馬は真剣な目をしてゆりえを見つめていた。

「ああ。あの本、ゆりえが気に入ってたから」

「気に入ってるのを知ってたなら、せめて送ってくれればよかったのに」

「そんなことしたら人質としての価値がなくなるし」

「人質？」

「本だから本質《ほんじち》かな？　ホステージだよ」

ゆりえは首を傾げた。ちょっと意味がわからない。一馬は皮肉っぽい微笑を浮かべて説明した。

「つまり……もしかしたらあの本を取り戻すために、ゆりえがうちに来てくれるかもなって思ってさ。少なくとも確認の電話の一本くらいは？　してくれてもよさそうだな、と」

「…………」

「なにその顔は」

「わ……わたし……。ごめんなさい……」

穴があったら入りたい気分だ。なくても掘りたい。いっそ上から土をかけて生き埋めにして欲しいくらいだった。

両手で顔を覆うゆりえの背中に、一馬がそっと唇を寄せる。

「もういいんだよ。なかなか面白かったし」

「……読んだんですか」

「まあね。結構勇気づけられたよ。それで最後のページに……」

一馬が立ち上がって本棚に向かおうとしたので、ゆりえはそっとそれを制した。

「知ってます。見ました。わたし達の写真でしょう？」

一馬が笑うと、背中に息がかかってくすぐったい。ゆりえも笑った。

「それでもまだ俺の気持ちを疑ってたんだ？　君にはもうちょっとお仕置きが必要そうだな……俺の想いの深さを、わからせてやらないと……」


そしてまた愛を重ねる。

互いの体を求め合う行為が、ふたりの魂を満たしていく。肌に触れることで心の隙間が埋まり、声に出して伝えることで見えない傷が癒されていく。

朝になって空が白みはじめるまで、ずっと……。

＊　＊　＊

ゆりえと一馬は二日後の晴れた日にハンプトンズに帰った。

ふたりを乗せたSUV車がガレージに入ると、相馬はサムに片方の肩を支えられながらポーチまで迎えに出てきた。

ゆりえは一馬に肩を抱かれてポーチの階段を上った。相馬はそんなゆりえを迎え、指先で頬に触れて感慨深そうに目を細める。

「まったく、わしのような老いぼれにまで心配をかけさせおって。これで安心して逝けると思っていいのだろうな？」

「相馬さん、もう。そんなこと言わないでください。それに、こんな寒いところにいないで早く中へ入ってください」

晴天とはいえ冷え込んでいることに変わりはない。

ゆりえはとにかく相馬に家の中に戻って欲しくてそう促したが、老人はその場で孫息子に向き直ると、表情を引き締めた。

「一馬」

「爺さん」

「わしの下手なボケの演技が無駄ではなかったことを祈るぞ」

「あ、やっぱり芝居だったんだ」

「当たり前だ、この馬鹿者が」相馬はまったく悪びれもしない。「物事には限度というものがある。放っておいてもいつか自分でなんとかするだろうと期待していたが……いい加減なんとかしないといかんと思ってな」

日本語なので、サムは相馬の隣できょとんとしているだけだ。しかし、ゆりえはあんぐりと口を開けた。

「え……演技？　お芝居？」

相馬も一馬もゆりえと目を合わそうとしない。ゆりえは決して激しやすい性格ではないが、これにはさすがにカッと頬が熱くなった。

「一馬さん……っ！　知ってたんですか？」

「いいや、知らなかったよ。まあ、もしかしたらそうかもしれないとは思ってたけど……ゆりえを日本に迎えに行った時点では、本物だと思っていたよ」

「迎えに行った時点では？　つまり、そのあとはわかってたんですね？」

「いや、だから、多分そうだろうなーと感じてただけで……」

「か、か、一馬さんってば！」

ふたりの(元)夫婦の応酬を痴話喧嘩と感じたらしく、サムは肩をすくめて視線を泳がせる。

相馬はそんなサムの背を叩いて、家の中に入るよう指示した。

結局、玄関先のポーチにはゆりえと一馬が残される。

ふたりきりになったポーチで、ゆりえはできるだけ抗議の意を込めてキッと一馬を睨んだ

が、おそらくあまり迫力はなかったのだろう。一馬は小さく笑って、さっき相馬がしたように
ゆりえの頬に指先で触れた。
――まったく、この祖父と孫は。
「許してくれ」
こんなふうにゆりえの心を乱して、満たす。
ゆりえはもう怒った顔を作ることができなくなっていた。
「もう……嘘かもしれないと思っていたなら、どうしてわざわざ日本まで来たんですか？」
「そろそろ限界だったから、かな。爺さんもそれを感じたから、この馬鹿げた芝居を打ったん
だ。自分で言うのもあれだが……この五年間の俺は酷かったから」
酷かった……？
仕事に邁進してスポーツジムに通いランニングを続けて毎朝エスプレッソを飲む一馬の印象
が強く、傷心に打ちひしがれた彼はあまり想像できない。もちろん、ずっとゆりえのことを想
っていてくれたのは理解したけれど……。
「俺はそんなに強くないよ」
一馬は告白した。
「確かに表面上はずっと平気なフリをしていた。でもそれは、そうしていないとボロボロに崩
れてしまうとわかっていたからだ。仮面の下ではずっと死んだ魚みたいな目をしてた。爺さん

はそれを見抜いてたんだ。多分、弟も」

——ああ。

ふたりは知らないところでたくさんのひとに支えられていたのかもしれない。

人生という大きくて長い流れの中で、ゆっくりと流れ、やがて行き着くべき場所へ向かっていく。

幾層にも重なり、冬を越えて春を迎えて、四季は繰り返す。

いつだって愛を抱えながら。


乃木相馬の臨終の時はそれから三週間後に訪れた。

日本からは次男である一馬の叔父と、弟の有馬が。ニューヨーク市内からは長男である父親と多恵子が駆けつけて、病院の一室で八十七年の生涯に幕が閉じられるのを見届けた。

息を引き取る直前、相馬はゆりえと一馬を枕元に呼んで、小さな声で告げた。

「わしの人生で悔いがあるとすれば、それはひとつだけ……静江を幸せにしてやれなかったことだ。お前はしくじるなよ」

一馬はそれに力強くうなずいた。

それからゆりえに向かって、相馬はささやいた。

「君は静江に似ている。代わりに謝らせてくれ。悪かった。しかし、愛していたよ」

相馬の遺体はアメリカで荼毘《だび》に付され、日本で納骨されることになった。
長かった冬が終わりを告げ、もうすぐ春が訪れる時候だった。

第九章　春嵐

春の風はどうしてこんなに優しいんだろう。

風にそよぐ新緑の茂る桜の木を見上げながら、ゆりえははためく黒いスカートと耳元の髪を手で押さえる。

場所は、乃木家の墓のある都内の霊園の片隅。時はすでに昼下がりだった。

週末の今日、相馬の四十九日の法要が執り行われた。集まった親類と共に納骨を済ませ、これから最後の会食の席に向かう流れになっている。

一馬の両親や叔父、弟の有馬の他にも、結婚式でしか顔を合わせたことのない親類も顔を出している。

ゆりえはできるだけ背筋を伸ばして、心ない噂を耳に入れないようにした。

「一馬君、ずいぶん前に離婚したって聞いたのに、あの子まだいるのね」

一馬が、会食には参加せず帰ってしまう客に挨拶をしている間、ゆりえはひとの集まりから離れた木陰で待機していた。

　そもそも法要自体、参列を遠慮するつもりでいたのだ。しかし一馬が「ゆりえが来なければ爺さんが化けて出る」とか、「ゆりえが出ないなら俺も出ない」などと言い出し、そっと参列することになった。

　一馬の家族はゆりえの存在を受け入れてくれている。でも事情を知らない遠い親類となると、口さがない噂話をする者がちらほらといた。

　一馬はそのたびに彼らを牽制し、ゆりえを援護し、彼女の隣に立ってくれた。でもゆりえがひとりになる隙を狙って嫌味を言いに来る連中もいる……人間とはかくも残忍になれる生き物だ。

　ゆりえは聞こえないフリをして、ざわつく胸を抱えながら、それでも誇り高く堂々と桜の葉を見つめ続けた。

(相馬さんはわたしを認めてくれたんだもの、卑屈になっちゃ駄目。お祖父ちゃんにだって失礼だわ。無実だったんだから……わたしはそれを信じてる)

　気がつけばずいぶん強くなったものだ。

　サムの弟が、図太くなるべきだと言っていたのを思い出す。確かにそうすると人生はずっと楽でシンプルになる。もちろん心の傷が消えるわけではないけれど、どうせ傷つかなければならないなら、泣き寝入りして震えているよりまっすぐに立っていたい。

　わざとゆりえに声の聞こえる近さに立ってコソコソと嫌味をささやいていた中年夫婦が、急に口をつぐんで動きを止める。彼らの視線がゆりえの背後に注がれているのに気づいて振り向くと、般若《はんにゃ》の形相をした乃木一馬が腕を組んで立っていた。

中年夫婦はなにも言わずにそそくさと逃げていった。

「一馬さんてば」

「ひとりにして悪かった。ごめんな。あんなのと少しでも血が繋がってると思うとゾッとする」

「いいんです。あのくらい可愛いものですよ。もっと酷いひとなんていくらでもいましたから」

一馬は背が高いので、ゆりえの頭上の桜の枝に手が届く。片手で太い枝を一本握ると、一馬はゆりえを見下ろした。

「でも、君は堂々としていた。ゆりえはすごいよ。君の強さの半分でもいい、俺にあればといつも思っている」

ゆりえははにかみながら微笑んだ。

「偶然ですね。わたしも、一馬さんに対しておんなじことを思ってるんですから」

「じゃあ、俺達はいい組み合わせだ。そう思わないかい？」

一馬の片手がゆっくりと伸びてきて、ゆりえの頬に触れる。

ふたりはすでに恋人同士に戻ったはずだ。でも、再婚について、一馬はひと言も触れない。

そもそも四十九日の忌明けがまだだったし、急ぐ必要はないとゆりえは思っていた。でもこの法要が終われば一馬はニューヨークに帰ることになっている。ゆりえも東堂ロイヤルガーデンの有給休暇が終わり、仕事に戻ったばかりだ。

最初のうち、ゆりえは一馬が一歩を踏み出してくれるのを待っていた──いつもみたいに。

でもそれは違うと、気づきはじめている。

今度はゆりえが勇気を出す番なのだ。

ゆりえは中年夫婦が消えていった方向にちらりと目を向けてから、ゆっくりと一馬に向き直る。

「一馬さん」

「ん？」

「ご覧の通り……おそらくたくさん迷惑をかけることになると思います」

ゆりえの言葉を、一馬は否定したりはしなかった。そういうひとだ。綺麗事は言わない。

「……でも、それでも、わたしはあなたと生きていきたい。あなたが好きで、一緒にいたいんです。もう一度わたしと結婚してください」

──まだ一馬と出会ったばかりの頃、まさか自分が逆プロポーズをすることになるなんてゆりえは夢にも思っていなかった。おそらく一馬だって、こんなことになるとは予想しなかったはずだ。

でも、時間はふたりをそんなふうに変えた。

悪い変化だとは思わない。

きっと相馬も祖父も祝福してくれているだろう。この春の空の向こうで。

一馬はぎゅっとゆりえを抱きしめると、元妻で、さらに未来の妻でもあるゆりえの耳元に優しく答えを与える。

「俺ももう一度君と結婚したい」

「はい……」

「今回は……君の口からその言葉が聞きたかった。前のときは、俺ばかりが押していたから。これで俺達は完全で完璧な夫婦になれる。そうだろう？　どっち側もプロポーズしたんだから」

ふたりは声を上げて笑った。

故人を偲《しの》ぶべき法要の場だというのに、心はもう晴々としていた。

それでいいんだ、という相馬の声が聞こえた気がした。

＊　＊　＊

なんと一馬は、その翌日に入籍の準備を整えてしまった。

なんでも配偶者としてアメリカで一緒に暮らすためには日本で入籍している必要があり、準備に時間がかかるため、一日でも早く済ませたほうがいいのだという。

……が、戸籍謄本から印鑑まで全部綺麗にそろっていたところをみると、多分、一馬はずいぶん前から準備を進めていたのだ。

それを突っ込む気にはなれなかったけれど。

手続きを済ませて区役所を出ると、一馬は珍しくスキンシップ少なめで、どこかソワソワしている感じがした。

不自然なほど何度も手首の腕時計を確認している。

「なあ、ゆりえ」

「はい。一馬さん、今日はちょっと変ですよ」

「俺を信じてくれると言ったよな」

「ええ、まぁ……言ったというか、同意しました。でもどうして……」

「じゃあ今夜は俺とじゃなく、実家で過ごしてくれ。お義父さんとお義母さんによろしく。それから明日の朝は家族で一緒にワイドショーのニュースを見てくれ」

「？」

入籍した日の晩だ。きっと情熱的に結ばれるハネムーンのような夜になると思ったのに、肩透かしを食らった気分だった。

何度か理由を聞いてみても「信じてくれ」の一辺倒で、一馬はなにも教えてくれない。確かに実家で過ごしたい気持ちもあったゆりえは一応同意したが、なんとなく釈然としなかった。

そして次の朝……。


「ついにお嫁に行っちゃうのね。と言っても二度目だけど。またちょっと寂しくなるわ」

母の用意した純和風のメニューを囲みながら、父、母、そして弟のひとりが日野家の食卓についていた。

「乃木家に迷惑がかからないといいのだが……。気をつけなさい。一馬君は大事にしてくれるだろうが、甘えすぎてはいけないよ」

真面目な父は、ゆりえ達の再婚を祝福しつつもそう心配していた。

おそらくゆりえの生真面目さはこの父親から受け継いでいる。ゆりえは反論せずにうなずいた。

ダイニングとつながったリビングルームではテレビがついていて、朝のワイドショーがはじまっている。

「こら、祐樹《ゆうき》。食事中はテレビを消せといつも言っているだろう」

父が叱責する。弟・祐樹は味噌汁を啜りながら首を振った。

「俺じゃないよ、姉ちゃんだよ。なんかニュースを見たいって言って」

「ワイドショーなどニュースのうちに入らないだろう。だいたい、ゆりえ、普段はほとんどテレビも見ないのにどうしたんだ」

テレビから流れる独特の騒音に顔をしかめる父親を前に、ゆりえは肩をすくめた。

「わたしじゃないの。実は一馬さんが今朝は家族でワイドショーを見なさいって言うから……。変よね、一馬さんこそあんまり日本のテレビは見ないひとなのに」

テーブルにいる全員が顔を見合わせる。

「あれかしら、愛の告白コーナーみたいな」

いつまでも夢見がちな母が、頬を赤らめながらそう推測した。

「今どきそんなコーナーないんじゃないの。昔のラジオじゃあるまいし」と、祐樹。

「乃木ホテルの新しいコマーシャルでも放映するのかもしれない」これは父。

ゆりえはなんとコメントするべきかわからず、家族の顔を順番に見つめる。結局、味噌汁を飲み終えた祐樹がテレビの前に向かった。父もなにも言わなかった。

妙な空気の中、ふっくらとした白米とだし巻き卵を噛み締めながら、一馬の不思議な言動を思い出す。昨日、せっかくの入籍の日だというのに一馬は嬉しそうというより気もそぞろだった。

しかもワイドショー……五年前の日野家を最も苦しめたものだ。誰もができれば見たくないと思っている。

「うっそ！　マジかよ！」

いきなり祐樹がリビングから声を上げた。

「なんだこれ……信じられねえ……爺ちゃん……嘘だ、ああ……」

祐樹の声がどんどん感情的になっていく。

ゆりえも、父と母も、食卓を立ちリビングのテレビの前に向かった。

薄いグレイのスーツを着たニュースキャスターが、興奮を抑えた声で今朝のスクープを読み上げている。

『……議員の税金着服の証拠が固まり、今朝書類送検となりました。この事件は五年前、当時……議員と取引があったと言われる日野運輸の故・日野正敏《まさとし》氏が容疑者とされていたものの、証拠不十分により無罪となっていました。しかしこの逮捕により、日野氏への疑惑は冤罪であったことが完全に証明され——』

議員の名前に、ゆりえ達一同は目を剥《む》いた。大臣も務めたことのある大物与党政治家だ。

続いて、その議員の顔写真や逮捕現場の映像が流され、五年前のVTRが披露される。ご丁寧にメロドラマ調の音楽まで流れ、五年前は悪人として糾弾された祖父が、悲劇のヒーローとして紹介される。

一家で茫然としていると、父のスマホに電話がかかってきた。

当時の悪夢を思い出し全員がびくっとしたものの、父は画面を見るとゆっくりと通話に答えた。

「真之《まさゆき》？　ああ……そうだ。そう……わからない……しかし……え？　一馬君が？」

真之とは、すでに独り暮らししている、ゆりえのもうひとりの弟だ。

会話の内容は聞こえなかったが、一馬の名前が出たことで、ゆりえはほとんどすべてを理解した。今朝ここにいない真之に、一馬はすでに連絡したのだ。この瞬間を逃さないように。

愛しさと感謝で、ゆりえの心臓は弾けそうに高鳴った。

ゆりえは駆け出し、まだ充電器に繋がったままだったスマホを開いて一馬への通話ボタンを押す。

一馬は憎いくらいすぐに出た。

『見た？』

というのが第一声で、一馬は笑ってさえいた。

「見たというか、今、見てます！　いったいどうやって昨日から知ってたんですか？　今朝一番の最新スクープだってニュースでは言ってるのに……！」

『うーん、予言？　予知夢？　爺さんの幽霊？』

「一馬さんってば」

『冗談だよ。言っただろ、俺は五年間布団にくるまって泣き続けてきたわけじゃないって。あれだけ大物になるとなかなか尻尾を出さないんで調査にはかなり金を使ったが、その価値はあった』

「………………！」

つまり……一馬は知っていただけじゃない、と。

『今朝発売される週刊文冬にも記事が載るよ。というか、こっちに先に調査結果を渡したんだけど、やっぱテレビの方が先になったな』

スマホを持つ手が震える。

――わたしはこのひとの愛情を疑っていたの？

『外、出てきて。玄関の前』

一馬は優しく言った。

『ほら、早くしないとレポーターとか集まってくるかもしれないだろ。今のうちに』

ゆりえはまだパジャマのままだったけれど、駆け出して玄関を出た。門の前には一馬がいて、スマホを片手に満面の笑みをゆりえに向ける。

乃木一馬。

なんてひとだろう。このひとと愛し合える自分はなんて幸せなんだろう。

この先の人生はきっと楽ばかりじゃない。でもこのひととなら乗り越えていける。夫の胸に飛び込んでいくゆりえを、一馬は大きく手を広げて受け止めた。

エピローグ

いつか雪の中で口づけを交わしたハンプトンズの海岸線に広がる砂浜で、乃木ゆりえは大西洋から吹きつける初夏の風に目を細めた。

まだ五月だというのに、ビーチには気の早い海水浴客がすでにぽつぽつといて、各々の方法で海と太陽を楽しんでいる。

「ゆりえ」

一馬に呼ばれて、ゆりえは肩越しに後ろを振り返った。

白いTシャツに濃い色目のジーンズという究極的にシンプルな装いだが、たくましくて長身の彼にはそれがぴったりと合っていた。

「なにをそんなに真剣に海を見てるんだ？　サメでもいた？」

「いませんよ。いたらこんなに冷静に立ってませんから」

「じゃあ、どうして」

「考え事をしていたんです。いろんなことを思い出して……はじめてここに来たときのこととか、相馬さんとサムのこととか……」

ゆりえの言葉に合わせて、一馬もそっと目の前の大海原と、その先に続く長い長い水平線に目を向けた。

ふたりが再婚してからすでに一年が経っている。

ハンプトンズの乃木邸は相馬の遺言により一馬に遺されていて、現在一馬が管理しているものの、週末や夏休みにはよく家族が泊まりがけで訪ねてくる。

ゆりえと一馬はといえば、再婚からしばらくしてマンハッタンの彼のマンションに引越しをした。外国での暮らしは楽しいことばかりではないけれど、ゆりえは乃木ホテルニューヨークに日本人客対応係の職を得て、忙しいながらも充実した日々を過ごしている。

そして……。

「出産をハンプトンズでしたいっていうのは、もう決めたんだ？」

一馬は背後からゆりえをふんわりと抱きしめて、大きくなりはじめたお腹をそっと両手で包んだ。

「はい。今日のアポイントメントでも先生とてもよくしてくれたし……マリアもいるし、お母さんもマンハッタンよりこっちにステイする方が落ち着くって言うので。臨月に入ったら来たいって」

「そうか。ゆりえがしたいようにするのが一番だよ」

「はい……。そうさせてください。ただ、一馬さんがマンハッタンにいる間に産気づかないといいんですけど」

「はは。今から自家用ジェット機を買わないと」

「もう。そんな、エスプレッソマシンじゃあるまいし……」

ふたりはクスクスと笑いながら、ゆりえのお腹越しに新しい命をゆっくりと撫でる。ゆりえはすでに妊娠五ヶ月目に入っていた。

次の冬を迎える頃には、この子と一緒にハンプトンズの雪を見ることができるだろうか。

「ゆりえがはっきり自分の欲しいことを言ってくれるのは嬉しい。俺は、君の願いを叶えるためならなんでもする」

一馬はゆりえの耳元にささやいた。

そして再び、ふたりで海の先を見つめる。

あれから数え切れないくらいの変化があった。

疑惑が晴れ、再び注目されたことで日野運輸は急速に持ち直し、今では弟達が将来の経営陣候補として精力的に働いている。

ゆりえは再婚し、アメリカに居を移した。相馬はサムにもまとまった金を遺していて、今では夢だったパラメディックになるための勉強を市内でしているという。マリアは相変わらずハンプトンズの乃木邸で働いていて、元気だ。赤ん坊の誕生をもっとも心待ちにしているひとりでもある。

高田には恋人ができたそうだ。

でも変わらないものもある。

移りゆく四季。誰かを愛しく思う気持ち。一馬を前にすると高鳴る鼓動。

「他になにを思い出してるんだい？」

一馬の低くて男らしい声が耳をくすぐる。なんとも言えない満たされた気持ちになって、ゆりえは微笑んだ。

「あのとき……地下の駐車場にあなたが来てくれて、よかったなって」

「俺は何度だって君を取り戻しに行くよ」

一馬は答えると、どんな氷も溶かすことができるくらいの熱いキスを、妻の唇に落とした。

番外編　永遠に君を想って

拝啓

あれからすでに三年の時が経って、季節は冬になってしまった。冬は人肌が恋しくなるからだろうか、さらに君のことが恋しくなる。

ゆりえ、君は元気だろうか。

東堂ロイヤルガーデンホテルでの仕事もだいぶ慣れてきたようだと、有馬から聞いた。君らしいと思うのと同時に、それが乃木ホテルではないことに寂しさと……嫉妬のようなものを感じる。その新しい職場のホテルの御曹司が、君を見そめて言い寄ってきたりしてはいないだろうか？　他の男性社員は？

考えはじめたらキリがない。

しかし、考えるのを止めることもできない。

君から連絡してくれない限り、俺からは君に連絡を取らないと心に決めていたが、時には折れたくなることもある。今がそんな時だ。

昨日、道をひとりで歩いていて、ある宝石店の前で足が止まった。小さなアンティークジュエリーショップだ。特になにを探していたわけじゃない。でもなぜか、ショーウィンドウの隅に飾ってあった指輪のひとつが目に入った。

小さなダイヤの粒が一列に並んでいるだけの、シンプルな金の指輪だ。

ただそのシンプルさが気に入って、店の中に入った。

こぢんまりとした店内にはオーナーだという五十代くらいの女性がいて、値段を尋ねるとそれほど高価ではなかった。

「奥さんへのプレゼントかしら？」

と、そのショップオーナーは聞いてきた。

俺は確かに結婚指輪を外していなかったから、それを目ざとく見つけたのかもしれないと思った。しかし一応、なぜそう聞くのかと聞き返した。

「このデザインはエタニティ・リングというの。永遠の愛のシンボルなのよ。延々と続く小さなダイヤの雫が連なるさまが、それを連想させるからでしょうね」

ショップオーナーはそう答えた。

ゆりえ。

そのショップオーナーがあまりにも商売上手だったのか、俺がひどくセンチメンタルになっていたのか、その両方か……理由はわからない。

しかし、買ってしまった。なぜか買わずにはいられなかった。

奇跡的にサイズも君にぴったりだ。他に誰かあげるあてがあるわけでもない。よかったら受け取ってくれないだろうか。

君と、君のご家族の健康を祈って。

敬具

十二月六日　乃木一馬
乃木ゆりえ様

冬景色のマンハッタンを見渡せる大きな窓のついたオフィスで、乃木一馬は自分で書いた手紙を読み返しながら、小さくうなっていた。

「健康を祈って？　どこの老人だよ、ちくしょう……」

多分、問題はそこではない。

しかし一馬は、己の文章に滲む虚しいまでの必死さを前に、自嘲せずにはいられなかった。

ゆりえとの突然の別れから、すでに三年が経ってしまっている。時間が心の傷を癒すというのは嘘だった。時は魔物で、時計の針がひとつ先に進めば進むほど、愛する女性に会えない辛さは重くなってくる。

便箋三枚に及んだ手紙を折りたたみつつ、やはり開いては読み返し、また折りたたんで手を止めるということを繰り返していた。

すると、

「兄さん、それ、みっともないからやめなよ」

音もなくオフィスに入ってきた一馬の弟、有馬が、落ち着いた口調で告げた。

一馬は深く息を吸った。

落ち着くためだ。……思わず実の弟を殴ったりしないために。

「有馬、ひとのオフィスに入るときはノックぐらいしろと、いつも言っているだろう」

「ごめん、ごめん。でもここ、三年位前までは俺のオフィスだったんだよね。なんかそのときの癖が抜けなくてさ」

飄々と言ってのけるのは乃木有馬……一馬の三つ年下の弟にして、現在は日本国内の乃木ホテルで社長補佐をしている男だ。濃いグレイのスーツ姿だった。

「ここ、本当はもっと長くいるはずだったのになぁ。誰かさんがもう日本にはいられないとか言い出して、明け渡す羽目になっちゃったんだよね」

「あ・り・ま」

兄弟は背格好こそ似ていたが、性格も雰囲気もかなり違った。

ここアメリカの社員たちはよく、一馬はサムライで、有馬はニンジャだ、などと揶揄するくらいである。実際、この表現はなかなかよくこの兄弟の違いを表していた。

「また書いたの？　それ何通目？」

「知らん」

「一度も渡せないくせに。今度こそ渡しなよ。俺が持っていってやるから、ほら」

訳知り顔で、有馬が手を伸ばす。

一馬は反射的に手にしていた便箋をグシャリと握り潰した。

「あーあ……いいの？」

「読んでもいないのに、なんでゆりえへの手紙だと思う？」

「だって普通のビジネスレターなら手書きなんてしないだろう？　それにホテルのエンブレムの入った便箋じゃなくて、なんか綺麗な感じの普通のレターセットじゃないか」

「時々お前が嫌いになるよ、有馬」

「お互い様。でもさあ、それ、ゆりえちゃんのためにわざわざ買ってきたんじゃないの？　握り潰しちゃって、もったいないなぁ」

——ああ、買ってきたのはレターセットだけじゃない。それほど高価ではなかったと手紙の中では嘘をついた、数千ドルの指輪まである。

……と告白しかけたのを、一馬は寸前で呑み込んだ。

『ゆりえちゃん』呼びはやめろ」

一馬は一喝した。

「なんで。可愛いじゃん。じゃあ呼び捨てしていいの？」

有馬も怯んだりはしない。

ダメだと言われるのをわかっていて、兄をからかっているのだ。一見、有馬は兄の一馬より穏やかで大人しいと思われがちだが、実際は図太い性格をしている。一馬が犬タイプなら有馬は猫タイプだ。

一馬は黙って弟を睨みつけた。

「うわ、怖い怖い。兄さんって外面いいけど実は中身ヤクザだよね。ゆりえちゃんの前では超紳士に振る舞っていたみたいだけど」

と言いつつ、有馬はスーツの内ポケットを探りはじめた。

「はい、これ先月の調査報告。ちょっとメールでは送りたくない内容だったから」

有馬は銀色のＵＳＢメモリを兄に差し出した。

その中には一馬が密かに手配している、ゆりえの祖父の事件疑惑についての調査結果が入っているはずだった。

一馬は静かにそれを受け取り、デスクの中に押し込んだ。

果たして、あとどれだけこれを続けなければならないのだろうと、暗澹とした気持ちになる。

あの疑惑が残っている限り、おそらくゆりえは一馬の元に帰ってきてくれることはない。もちろん一馬は、もしゆりえが望んでくれるなら、疑惑などあってもなくても今すぐ復縁したかったが……。

しかし、無理強いはできない。

「少し進展があったみたいだよ。まだ決定的な証拠までは押さえられないみたいだけど」

兄の心の内を見透かしたように薄く微笑んで、有馬はデスク正面の客用の椅子に腰を下ろした。兄弟は向かい合い、互いを値踏みするように見つめ合う。

「あとでチェックしておこう」

一馬は静かに言った。

「あっそ。じゃあ、俺もう帰っていい？　父さんとこに顔を出してけって言われてるし、じいちゃんの顔も見たいし」

「待て」

「言うと思った」

有馬は勝ち誇ったような笑みを崩さない。

逆に一馬は喉の奥でうなった。

一馬と有馬は定期的に顔を合わせている。それはビジネスのためでもあるし、一馬が日本で展開している調査の報告を有馬に頼んでいるためでもある……そしてもちろん、血の通った兄弟として、互いを愛し、必要としているからでもある。

しかし、今の一馬にとって、日本に住んでいる弟に会う一番の目的は……。

「ではいきましょう、恒例のゆりえちゃん近情報告会！」

有馬は楽しそうに揉み手をした。

この男はわかっているのだ。いつもは完璧に理性を崩さない一馬が、この時間だけは赤子のように脆くなることを。

それを楽しんでいる。くそ、男兄弟などそんなものだ。

一馬は天井を仰ぎ見てつぶやくように言った。

「お手柔らかに頼むよ……もし他の男の影が近づいているなら、俺に報告する必要はない。聞きたくないからな。金はいくらでも出すから暗殺者でも雇ってくれ」

「わお、過激だな」

「それで、どうなんだ？」

「えー……うーん……そうだなぁ、実は、言いにくいんだけど……」

「有馬！」

「ごめん、冗談だって。まずそこのところからハッキリさせておこうか。大丈夫、ゆりえちゃんはまだシングルだし、男の影もないし、そうであるよう俺も見張ってる」

やっと脈拍が落ち着くのを感じて、一馬は安堵のため息をついた。

ゆりえはまだ他の男のものではない……。

それは、彼女がまだ一馬のものであるという意味ではない。決して。そのくらい理性ではわかっている。しかし、ゆりえがまだ独り身であることに対して、男としての本能が喜びに打ち震えていた。

「それはよかった」

一馬は静かに言った。

「それだけ？　あのさぁ、ゆりえちゃん美人だし、男の理想が服着て歩いてるみたいなとこあるからさ、これほんと奇跡なんだよね。もうちょっと神様に感謝でもしたら？　あ、神様だけじゃなくて、俺にもね」

「ありがとう有馬、ありがとう神様」

「それすごい棒読み」

「他にどうしろと言うんだ。それで？　実際に会ったのか？」

「うん、一度、ちょっとだけだけどね」

有馬は少し真面目な表情になってうなずいた。

息が詰まるのを感じて、一馬は無意識に首元のネクタイを緩めた。

――ゆりえはＳＮＳの類を一切やっていない。元からあまりやらない方だったが、祖父の事件があってからは完全に控えているようだ。だからこうして別の国に住んでいると、近情を知ることすら難しい。

頼みの綱は日本にいる有馬だった。

しかし、無条件に信頼している血の繋がった弟に対してさえ、嫉妬の炎が燃え揺れるのを抑えることができない。

ゆりえと会って、同じ空気を吸って、言葉を交わす。

単直に言って……許せない。

「ゆりえちゃんは元気だったよ。少し痩せたかな。うちのホテルとはだいぶ客層が違うみたいだけど、東堂ロイヤルもそれなりに面白いと言っていたよ」

「……なるほど」

「ご家族もだいぶ落ち着いてきたってさ。弟さんが大学入ったみたいだね。お母さんは時々浮き沈みあるらしいけど、まあ、ゆりえちゃんが家に帰らなきゃいけないほどではないらしい。それから……」

有馬の説明を一つひとつ心に消化しながら、一馬は目蓋を伏せた。

ゆりえの実家の近情が気にならないわけではないが、その辺りの報告はうわの空だった。

……これから聞く『あること』を想像すると、みぞおちの辺りが重くなる。

「それで──」

一馬はゆっくり切り出した。

「ゆりえちゃんが兄さんについて、僕になにか質問したかどうか？」

一馬が聞く前に、有馬が容赦なく続けた。

「ああ」

「いつも同じ答えで悪いんだけど……されなかったよ」

　そうか、と返事をしようとしたが、上手く声にならなかった。喉の奥が渇いて痛い。

　結局一馬はなにも言わずに立ち上がって、オフィスの隅に用意されているミネラルウォーターのミニペットボトルを開けて飲み干した。

　有馬はそれをじっと見ている。

「……離婚したっていってもさ、別に二度と声も聞きたくないとか言われたわけじゃないんだし、一回くらい会ったら？　せめて電話でもしたら？」

　至極当然のことのように、さらりと有馬は言う。

　実際、当然のことなのだろう。

　一馬が意固地になっているだけだ。ゆりえ自らが連絡してこない限り、一馬から連絡するべきではない、と。

　最初は固かった決心も、時間と共に揺らぎはじめる。

　せめて……。

　もしも、あの時……。

　しても仕方のない後悔。続けても得るもののない強情。しかし、やめることもできない。

　一馬はずっと、自分で自分のことを要領がよく器用な人間だと思っていた。しかし、ことゆりえに関しては、ひとが変わったように不器用だ。特に別れてからは……。

　一馬は踵を返して有馬に背を向け、窓一面に広がるマンハッタンの景色に目を凝らした。

「わかった。帰っていいよ、有馬。色々と感謝してる」

「まあ、後悔しないようにやりなよ、兄さん」

有馬はそう言って席を立つ。

一馬はただ「ああ」とだけ答えて、振り向かなかった。

わざわざ日本からニューヨークまで来てくれた弟の去り際に対して、あってはならない態度だ。しかし有馬は特に文句を言わなかった。おそらく一馬の葛藤を理解してくれているのだろう——有馬なりに。

有馬は去り、オフィスの扉はパタリと静かに閉まった。

それから数時間のあいだ、一馬は自分がなにをしていたのか、よく覚えていない。

機械的に仕事をこなしていたのかもしれないし、ただ呆然と窓から見える景色を眺めていたのかもしれない。

とにかく気がつくと終業時間になっていて、夜間のマネージャーに仕事を任せ、一馬は仕事場をあとにした。

「くそ……」

自宅マンションまでの帰り道。

十二月のマンハッタンはまだ雪こそ降っていないものの、底冷えのする冷気に吐く息はすべて真っ白になって宙に舞った。

手袋だけでは手がかじかみ、一馬は厚手の黒いコートに両手を突っ込んだ。すると、右手の指先に小さな包みが触れるのを感じて、思わず足を止めた。

──買ってしまった指輪。

エタニティ・リング。永遠の愛の象徴。

(どうする……? 差出人不明にして、ゆりえに送るか?)

それでは完全に不気味なストーカーだ。しかし、有馬と会っても一馬の近情さえ訊ねないというゆりえに、一馬の名前で送っていいものとは思えない。

(いつか)

そう思っていた。いつか。

いつか時がきて、ふたりは再び結ばれると。それが運命だと。

ゆりえが一馬を救うために別れを選んだのだとしたら、そうせざるを得なかった原因を解決して、また愛を乞えばいいと。

(ただの自惚れだったんだろうか……。ゆりえにとって、俺はなんだったんだろうな)

人通りの多い道を塞いでいるので、何人かの通行人の肩が一馬に当たった。こんな場所に突っ立っていないでさっさと歩け、と頭に命じてみるものの、身体がいうことをきかない。

一馬は目を閉じた。

目蓋の裏に映る愛しい妻を想って、白い息をゆっくりと吐いた。

（いつか）

再び、思う。

そうだ。今は信じろ。信じるしかない。ゆりえは強い女だ。俺の妻だ。一度決めたことはやり通す心を持っている。俺は彼女の抱えた問題を解決する手助けをするしかない……。

――トゥルル……トゥルル……。

そんな時だった。一馬のスマホが振動し着信音をたて、誰かからの通話がきているのを知らせた。仕事柄、電話には即答えるようにしている。条件反射でスマホを開き、名前を確認した。

乃木相馬。

落胆のような安堵のような複雑な気分で、通話に出る。

『孫よ、こんな時間にどこをうろついておる』

「じいさん」

挨拶さえない素っ気ない会話だが、これが一馬と祖父のいつもの流儀だった。

「そんな目くじら立てるような時間じゃないだろ。こっちに来てるのか？」

『有馬が訪米しているというんでな。顔を見ようと思ってわざわざハンプトンズから出て来てみれば、有馬はもうおらんし、お前は一日心ここにあらずで定時にさっさと帰ったと夜間マネージャーが言っておった』

「ちょっと待ってくれ。まだそんなに離れてないからすぐ戻るよ」

ゆりえを思って道に突っ立っていたのがまだ離れていない理由だ、とは教えなかった。

急いで来た道を戻り、いつもなら大きな誇りを感じながらくぐる乃木ホテルのエントランスを、複雑な気持ちで通って中に入った。

「久しぶりだな、一馬」

相馬はエントランスのロビーに腰掛けていた。

一馬を見て手を上げてみせるが、立ち上がらずに座ったままだ。以前ならすぐ颯爽と立ち上がり、アメリカ流に肩を抱いて挨拶するバイタリティのあった相馬が、今は少し小さく萎んで見える。

「先月会ったばかりだろ？　せっかく引退したのになんで仕事場なんかに戻ってくるかな」

代わりに一馬が屈んで、相馬の肩を抱いた。

八十五歳という年齢を考えれば、相馬は健在といえる状態なのだろう。それでもここ半年ほど祖父のは、かなり老い込んだ。目に見えて痩せ、外出が減り、医者や薬に頼ることが増えた。それでも衰え知らずなのは頭の方だ。これだけはまったく変わらない。

「お前も俺の歳になればわかるさ。仕事がどれだけ人間の生活を豊かにしてくれていたかがな。隠居生活など体のいい姥捨山にすぎない」

「ハンプトンズの邸宅が姥捨山なら、この世界の九十九パーセントの人間は喜んでその姥捨山に行くだろうね」

「ふん、かわいそうな奴らだ」

「爺さん、元気そうじゃないか」

「しかしお前は死んだ魚のような目をしておるな。ゆりえさんとは復縁しないのか」

相馬はゆりえの前ではゆりえのことをそのまま呼び捨てすることが多かったが、家族の間では「ゆりえさん」ときちんと呼んだ。おそらく、ゆりえ自身が畏れ多いと言って恥ずかしがったからだろう。

ゆりえは乃木家の家族からも愛されていた――いや、いるのだ。今でも。

いつもはこの質問ははぐらかすのだが、今晩の一馬にその気力は残っていなかった。

「できるものなら今すぐにでもしたいよ」

と、潔く認めた。

相馬は神妙にうなずき、「ここに座れ」と隣のソファ席を顎で指した。これにもまた反抗する気力はなく、またその理由もなく、素直に腰を下ろした。

「だったら、さっさとすればいいだろう」

相馬はいとも簡単に言ってのけた。まあ、これがはじめてではないのだが。

「確かに日野会長の疑惑の件は痛い。しかし乃木ホテルにとっての致命傷とまでは言い難い。

国内でしか知られていない事件だからな。日本支部はさっさと有馬にすべて任せて、ゆりえさんはこっちに呼び寄せればいいんだ」

「その理論はわかっているよ。でも、ゆりえ自身がそれを望んでいない」

「そう話し合ったのか？」

「ゆりえが離婚を望んだんだ。俺はそれを尊重したい」

「お前は阿呆だ、一馬」

すっぱり断言されて、一馬は苦笑するしかなかった。

「そんなことは俺が一番わかっているよ」

「いや、わかっていない。お前が思っている以上に愚かだ。いいか、お前たちはまともに喧嘩したこともないだろう。夫婦とはそんなお綺麗なものじゃないんだ。何度も傷つけ合って、時には憎しみ合って、それでも一緒に生きていくから夫婦なんだ」

一馬はじっと祖父の顔を見つめた。

ビジネスについてはいつも包み隠さずあけすけな議論をしたが、私生活——ましてや夫婦関係など、ここまで生々しく話し合ったことはなかった。

何度も傷つけ合って……。

時には憎しみ合って……。

それでも。

「……俺は、多分……そうやってゆりえを傷つけるには……彼女を愛し過ぎているんだ」

「しかし結局、その『尊重』とやらがゆりえさんを傷つけている。ゆりえさんだけじゃない、お前自身もだ」

「それはどうかな。有馬によれば、ゆりえは奴と会っても俺のことはまったく聞かないらしい。もう忘れられているのかも」

一馬はそう言いながら、自分の声がすぼんでいくのを感じた。

ホテルの宿泊客や従業員がロビーを行き交う。ひとりのビジネスマンもいるにはいるが、カップル文化であるこの国では大半の宿泊客は伴侶を伴っている。胸の奥がうずいた。

「いいや。忘れられないからこそ、聞けないいんだろう」

「俺ならそんなことはないね」

「わしだってそうだ。しかし静江は違った。ゆりえさんもそうだろう。日本人女性とはそういうものなんだ……おそらく。なぜかは知らんが」

祖母の名を出されて、話がますます生々しくなっていくのを感じる。一馬は降参の仕草として、両手を宙に浮かせた。

「そうだったらいいと思うよ。なに、婆さんは単身赴任中の爺さんの様子を聞いたりしなかったの？」

なかば冗談のつもりだったのに、相馬は今も傷ついているとでもいうように、苦しげに顔を歪めて首を振った。

「聞かなかったなんてものじゃない。わしが日本の家政婦や部下に静江の様子を聞いても、わしには教えるなと口止めしておったからな」

「それはまた」

「身体がふたつあったらと何度願ったか。あの頃のわしはこの国でのビジネスが面白くて仕方なかった。何度も彼女をアメリカに呼び寄せようとしたが、向こうの実家との関係もあって難しかった。ただハンプトンズの家だけは気に入ってくれていたからな……あそこで年に数ヶ月は一緒に過ごすことができたが」

なんとなくの大まかな話は知っていたが、こうして新たに本人の口から聞くとまた妙な気持ちになる。祖母静江は優しく穏やかな女性だった。少なくとも孫である一馬にとっては。それこそ、ゆりえに似ていると思うことがあるくらいで。

「結局……俺達は似たもの同士だっていう結論？」

「そうなるのだろうな」

「そんな爺さんに助言とかされても」

「『そんな爺さん』だからこそ、可愛い孫に同じ轍は踏んで欲しくなくて助言するんだ」

相馬は開き直り、一馬はそんな祖父に笑みを向けた。

実際になにが変わったわけでもないが、この祖父と話をするといつも一馬の心は軽くなった。

ポケットの中にはまだ渡せない指輪がある。ゆりえの祖父の疑惑を払拭するにはまだ証拠が足りない。そもそもゆりえ自身、一馬の弟に会っても一馬の現状さえ聞こうとしない……。

それでも。

「わかった。考えておくよ……」

力なくそう答えて、一馬は相馬を客室まで送った。

一馬のマンションに泊まれと誘ったのだが、ホテルの現状を知りたいと言って相馬は譲らなかった。

――そうだ、ゆりえと出会った日もそうだったな……。

一馬はやっと帰路についた。

暗い冬の夜空に抗うように灯りの広がるマンハッタンの路地に、薄く冷たい粉雪が降りはじめていた。

＊＊＊

そして時は流れて二年後――。
結局、一馬はあのエタニティ・リングを送ることも捨てることもできずに、寝室の引き出しにひっそりとしまっていた。

十二月末。一馬は小さなダッフルバッグに日本行きの荷物を詰めながら、指輪の存在を思い出した。

「ああ……どうするかな」

手元にはパスポートと、航空チケットのプリントアウトがある。自分の往復チケットと……ゆりえの名前で購入したチケットだ。

一馬はこれからゆりえを攫いにいく。

いや、実際は相馬のための芝居を打ってもらう懇願をしにいくわけだが……心の中ではもうどうするか決まっていた。

離さない、二度と。もう、永遠に。

一馬は引き出しを開けて指輪の入った小さな化粧箱をコートのポケットに押し込んだ。

＊　＊　＊

それからさらに数ヶ月が経ち、再婚し、二度目のハネムーンとして短いヨーロッパ旅行に向かった最初の夜。例のエタニティ・リングはついにゆりえの指に——あるべき場所に——収まった。

彼女の細くて優雅な手にぴったりだった。

「……と、まあ、だいたいそんなわけなんだ」

一馬は説明を終え、ベッドに横たわる裸のゆりえの髪を撫でた。

「え、ええ……」

ゆりえは困惑の色を浮かべながら指に通されたダイヤのきらめきを見つめている。喜び半分、戸惑い半分、というところだ。

「俺、色々、重い？」

冗談めかして聞いたつもりだが、多分、目は笑っていなかっただろう。

「重……い、いいえ、軽くはないですけど……そんなにずっと持っていてくれたなんて。なんかごめんなさい。いいの？」

それでいい、と一馬は思った。

ゆりえには二度と一馬の愛情を疑って欲しくなかったから、このひと少々重いなと思ってくれた方がいい。

「いいんだよ、奥さん。愛してるよ」

一馬はできるだけ優しい声で答えた。

ゆりえに伝えたかった。生涯の愛を見つけたとき、ひとは最も深く厳しい渇望の海と、最も高い喜びの丘を同時に知ることになると。

その海と丘を溺れ、上り、迷いながら、それでも最後は君にたどり着くと。

でも、それは言葉にならなかった。

――それでいい。

言葉ではなく心で、行動で、一生をかけてそれを伝えていこう。一馬はそう誓った。

あとがき

こんにちは、泉野《いずみの》ジュールです。この度は『ホテル御曹司は最愛の妻を愛し続ける』文庫版をお手に取ってくださり、誠にありがとうございます！

今回の文庫化にあたり、懐かしいキャラクター達で書き下ろし番外編を書けたこと、とても嬉しく思っています。

番外編では思い切って、本編では語られなかった一馬視点のお話にしてみました。作者の頭の中ではもちろん、ヒーロー側の気持ちは出来上がっています。それをヒロイン視点でどうやって、どこまで間接的に表現するのか、というのが恋愛小説の難しさであり、醍醐味であると思うのですが、これで一馬の気持ちも読者様にも伝われば、とても嬉しいです。思い入れのあるこの作品に再び息を吹き込むことができたのは、なによりも応援くださった皆様のおかげです。

心よりお礼申し上げます。

最後に、この作品を世に出すためにご尽力くださった、担当様、イラストレーター笹原亜《ささはらあ》美《み》先生はじめ、出版社、書店の皆様に感謝を込めて。次回作でまた会えますように！

泉野ジュール

チュールキス文庫 more をお買い上げいただきありがとうございます。
先生方へのファンレター、ご感想は
チュールキス文庫編集部へお送りください。

〒102-0073　東京都千代田区九段北3-2-5　5F
株式会社Jパブリッシング　チュールキス文庫編集部
「泉野ジュール先生」係　／　「笹原亜美先生」係

✦チュールキス文庫HP✦ http://www.j-publishing.co.jp/tullkiss/

ホテル御曹司は最愛の妻を愛し続ける

2024年5月30日　初版発行

著　者　泉野ジュール

発行人　藤居幸嗣

発行所　株式会社Jパブリッシング
〒102-0073　東京都千代田区九段北3-2-5　5F
TEL　03-3288-7907
FAX　03-3288-7880

印刷所　中央精版印刷株式会社

定価はカバーに表示してあります。
万一、乱丁・落丁本がございましたら小社までお送り下さい。

ISBN978-4-86669-671-3　Printed in JAPAN